还 乡 文 丛

悲伤省

小 引 著

暨南大學出版社
JINAN UNIVERSITY PRESS

中国·广州

图书在版编目(CIP)数据

悲伤省 / 小引著.—广州:暨南大学出版社,2014.3
(还乡文丛/余丛主编)
ISBN 978 7-5668-0912-4

Ⅰ.①悲… Ⅱ.①小… Ⅲ.①散文集—中国—当代 Ⅳ.①I267

中国版本图书馆 CIP 数据核字(2014)第 016891 号

出版发行:暨南大学出版社

地　　址:中国广州暨南大学
电　　话:总编室(8620) 85221601
　　　　　营销部(8620) 85225284　85228291　85228292(邮购)
传　　真:(8620) 85221583(办公室)　85223774(营销部)
邮　　编:510630
网　　址:http://www.jnupress.com　http://press.jnu.edu.cn

策划编辑:杜小陆
责任编辑:杜小陆　张　钊
责任校对:黄　斯
排　　版:中山市人口手文化传播有限公司
印　　刷:佛山市浩文彩色印刷有限公司

开　　本:850mm×1168mm　1/32
印　　张:7.75
字　　数:149 千
版　　次:2014 年 3 月第 1 版
印　　次:2014 年 3 月第 1 次

定　　价:29.80 元

总　序

苏轼说，此心安处是吾乡。还乡是喜悦的，是恳切的，但也仅仅是一种愿力。

我们捡拾的是内心。如何写？写什么？在此都顺应了内心，那也是精神还乡唯一的去处。

还乡是一个梦，是乡愁，是永无止境的抵达。我们寄望于怀旧、后退，甚至是保守的；我们寄生于乡土、故里，甚至是故步自封的。

不是我们流离失所，而是我们还乡之乡已经沦陷。灵魂向何处安顿，没有精神的还乡，就永远处于流离失所的状态。德国哲学家阿多诺说："对于一个不再有故乡的人来说，写作成为居住之地。"

还乡者在路上，在返程的途中；还乡者是过客、旅人，是不合流俗的边缘人和问津者。在漂泊不定的异乡，还乡是我们的忧伤艺术。对于过去难以释怀，对于现在彷徨四顾，对未来又充满希冀。但是故乡在远方，于我们而言，始终是可望而不可即的。

“还乡文丛”是立意，是重塑，而非局限；是敞开的，融合的，也是繁殖的。哪怕仅仅是文字上的还乡，虽然它无法抵达，但或许能安放我们的心灵。

一方故土，是源头，是离散的地方……却又在等候着还乡者的归来。

余　丛

2013 年 10 月 22 日

目　录

旁边有座吹香亭

岳麓书院的二门背面，有一块横匾上写着四个字：潇湘槐市。笔力苍劲雄浑，庙堂气象。书写者是楚图南，原民盟中央主席，云南人。楚图南是著名学者，他为什么来为岳麓书院补书匾额，已经无从考。我记得他的名字，还是因为少年时读的《希腊的神话和传说》以及青年时阅读的惠特曼那本《草叶集》，当然，还有《查拉斯图拉如是说》。这几本书，都是楚老翻译的，译文精美，隽永流畅，如今回想起来，依旧唇齿留香。楚老的书法也好，取势中正，撇捺多隶意，体格近颜而直逼汉人。我曾经见过他书写的一幅中堂，录晚唐李义山的诗句："桐花万里丹山路，雏凤清于老凤声。"用墨沉厚，下笔柔韧，字中的风骨气韵，非同一般。"潇湘槐市"四个字虽没有"惟楚有才"出名，但因其挂在岳麓书院之中，却也别有深意。据说，这块匾额，原来是清代学监程颂万撰书，后毁于抗战，槐市不再，空留余匾，真是可惜。

小时候，从武汉去常德，荆州至澧县的路不好，母亲一直带我走洞庭湖，经岳阳，过长沙还要休息一夜。那时候的长沙，远远没有现在繁华、热闹，岳麓山偏居河西，去的人也很少。在我的记忆中，坡子街的火宫殿，倒是生意兴隆。母亲带我住在中南勘测设计院的小招待所里，黄昏时，从香樟路转韶山中路，一会儿就走到了。我真喜欢老长沙那些街道的名字，香樟路，杉木冲路，香月路，那么多坡、冲、塘，一听就让人垂首，仿佛回到旧楚国。

那是20世纪70年代末的长沙了。河东河西还只有一座大桥。去岳麓山要转两三趟汽车。母亲曾经带着我去那里爬山，她告诉我，山脚下原来有个岳麓书院，已经快1 000年了，而且，古时候，岳麓山上有老虎的。母亲吓唬我。我听了这话，无端端对岳麓山害怕起来，心里想，读书的地方，如何生出了老虎！死活不肯上山。长大后才知道，岳麓山上并没有老虎，倒是有座修建于西晋武帝泰始四年（268）的麓山寺，迄今屹立不倒。

岳麓山并不高，我却一直以为站在山顶可以望见洞庭湖。为什么会有这样的感受，我自己也觉得奇怪。难道是因为山脚下的朱熹、王阳明、王夫之、左宗棠和曾国藩？洞庭虽远，尚可遥望，斯人已去，留下的却只有些重修的庙宇和庭院，或许，还有那些隐匿在山林间呼啸的风声。

有一年夏天，我在贵阳游历，朋友带我去龙岗书院参观，午后的阳光下，又跑去阳明祠喝茶。下午三点，阳明祠翠柏森森，亭阁相映，与岳麓书院颇有异曲同工之妙。坐在山腰间的阁楼喝茶，回廊外是低垂的竹子和细小的碎花，朋友的声音一句高、一句低，茶桌上是一盘没有下完的围棋，殿堂外的碑廊有王阳明手书《矫亭说》。我说："你知道王阳明龙场悟道是因为什么吗?"朋友摇了摇头，喝了一口茶，静静地望着我。"据说是因为竹子。"我指了指庭院角落中的竹林，正好有午后的山风吹过，竹叶飒飒，阳光灿烂，阳明祠的竹子跟岳麓书院的竹子一模一样。

南山的花开花落，与我有什么关系?王阳明在岳麓书院中也一定面对过这样的问题。他回答说："尔未看此花时，此花与尔心同归于寂。尔来看此花时，则此花颜色，一时明白起来。便知此花，不在尔的心外。"中国古代的知识分子，多的是在安静和困苦中的自省。至于学理传播，开坛讲学，我以为有"心外无理，心外无物"这两句便可以有会于心。至于其他的，还有什么呢?

2013 年春末，在岳麓山下举办了首届湖广诗会，似乎暗合了"潇湘槐市"之意。正值香樟换叶、槐花开放，湖南大学的校园里，每一个转角处都是扑面的清香。岳麓书院依偎在岳麓山的脚下，绿池相伴，翠色盈山。我和张执浩、艾先、杨兰、小抄等相熟的几位诗人在湘江边喝酒，深夜归来，一路说着闲话，说起曾国藩，说起 1819 年岳麓书院的山长欧阳厚均。有人提议，我们一会儿去吹香亭坐坐吧！那个亭子就是欧阳先生取的名字。"仙巢吹香亭。是宋理宗写的。"他的声音在黑暗中悠悠传来，"跟山上的爱晚亭相比，不遑多让。"

已经很晚了，爱晚亭在山腰，岳麓书院在山脚。我们走累了，靠在几棵苍老的香樟树下抽烟。风荷晚香，洞庭寂静，前面就是岳麓书院，旁边有座吹香亭。

悲伤省

很多年前，读过湖南诗人小抄写的一首诗，诗的名字叫《开往郊外的大巴》。小抄在诗中描绘了一个叫许静的女孩坐车去郊外的过程。他在诗中说，许静总觉得背后有人看她，用化妆镜偷偷看了一眼，发现是她爸爸的灵魂坐在后座上。读这首诗是下午，我一个人在家里。四下里静静的，阳光恍恍惚惚从窗帘外面照进来，我突然觉得背后发凉，悄悄回头看了一眼，书房的门敞开着，客厅里面没有人。

我很喜欢这首诗的名字，莫名其妙地觉得这中间有一丝丝的伤心。许静是谁，我不认识，遇见小抄的时候我也没有问过他。我后来在小抄其他的诗歌中也遇见过这个女孩，她一会儿靠在树杈上吹风，一会儿又坐在院子里晒床单。在散发着青木瓜香味的春天里，这个奇怪的女孩在小抄的诗里晃来晃去，像聊斋里的小倩，隐隐约约的，让人迷恋。

“许静用她的镜子／偷偷地照了照／这个人／头发很少／穿了一件／灰色的／像纸做的衣裳／许静默默喊了一声／爸爸。”我猜想，许静出城的时候，一定是春天，车窗外的旷野中一定开满了油菜花。许静出城干什么，已经不是重要的问题了。问题是，许静的爸爸，为什么也跟着出城呢？不知名的鸟在春天的树梢上飞来飞去，我不知道答案，或许，小抄也不知道答案。

我一直觉得，湖南诗人身上总有忧伤的气息。这忧伤来自哪里，我也说不清楚。我问过赵旭如，他不置可否地耸了耸肩膀，并没有回答我。赵旭如说他们住在悲伤省，这和我的想法是一样的。我经常在胭脂路喝酒的时候跟艾先说，别吹牛了，兄弟，万物生长靠忧伤，大抵说的也是这个意思。

赵旭如为人豪爽，喝酒也喝得厉害，他的朋友们喊他省长，悲伤省省长。前几年，他出了一本诗集，名字叫《住在山上的日子是可耻的》。我在网上零散地阅读过一些篇章，迷幻、敏感、抑郁、明亮，复杂又多变，仿佛早春时节洞庭湖边暗自升起的雾，世界在雾里，触手可及，但又遥不可及。

我喜欢赵旭如身上散发出来的这些气质。他说他去了几年西藏，跟福建诗人陈小三一起，一直住在拉萨。去年我上拉萨，在陈小三家里吃过一餐午饭，席间说起赵旭如，说他的诗歌有着高原上阳光带来的味道。陈小三去厨房做饭，给我翻出一本赵旭如的手稿，那个午后，拉萨的阳光亮得刺眼，没有人来，我坐在他的院子里慢慢读诗。

“春风是一间广阔的牢房，浩浩荡荡”，他这么写。我靠在木头椅子上，周围是陈小三家疯长的张大人花。“三月初的房间里，弥散淡淡的杀虫剂味道。”赵旭如不动声色地说，“死人躺在山上，活人走在世间，这世界布满灰尘简称尘世。”我察觉到空气中有什么东西慢慢往下落，越来越多。喊了一声陈小三，他没有听见，他家的狗听见了，从墙角站起身来，走到我脚边又趴了下来。

“有些事情像泥浆。”分手的时候我跟谁说过这话，现在已经想不起来了。但我记得望月湖的那个夜晚，我们喝酒，月亮在屋顶外，不用看就知道它一直在那里。我问小抄你知道夏宏在哪里吗？我说我从来没有去过娄底，但我喜欢这个名字，就像夏宏的一句诗：“有人像烟火，终日不停地笑。笑着笑着／变成摇晃着的纸。”我没有见过夏宏，听说他住在娄底，一个人。

后来我们说了些别的什么话。像没冲洗的胶卷，你依稀仿佛，但不敢确定。悲伤省的夜晚，局限在一家米粉店的门槛那里。“改天我们谈一谈夏宏的诗歌。”小抄一边抽烟一边歪着头对我说话。我有些茫然。有些事情像泥浆，仿佛说过的话又再说了一遍，听见的人会心一笑，没听见的人，就算了吧。

转眼天就要亮了。安安坐在我的对面，原配坐在她旁边。我猜，他们可能略微听到了一点点。

肃宗乾元二年（759）秋，李白过洞庭湖，写了一首著名的诗《陪族叔刑部侍郎晔及中书贾舍人至游洞庭》。诗中有千古绝唱：

“且就洞庭赊月色，将船买酒白云边。”一千多年后，洞庭湖已经不复当年的浩荡和开阔了，但是诗歌依旧在人世间流转，像个转世的灵童，肉身改变，灵魂依旧。每一首诗，都在诉说着关于人类归宿的秘密。这是一个古老相传的口讯，知道这个秘密的人，并没有几个。

有一年春天，独自去沅水中游的柳林汊游历，那里原来是个古村落，从洪江顺着沅水出行的人，都要在这里休息。时间晚了，找不到回县城的车，我就在镇上的招待所住了下来。

深夜，镇上没有人走动，偶尔的狗吠，让楠竹林中的村庄更显寂静。我在暗淡的灯光下抽烟，想到沈从文顺沅水坐船来时，路途何其艰苦。没有人知道他的难过，一艘乌篷船顺江而下，一个人坐在船头写信时必定要叹息，此地山高皇帝远，此地明月高悬，水落石出。

背后是怀化，前面是常德。我也是一个人，不如就学沈从文，做一个生老病死在小村庄里的教书匠，每到深夜，一盏孤灯，推开窗，外面是微凉的晚风吹过山冈。沅水静静流淌，悲伤省在哪里，没有人知道。

月光下的米粉店

去湖南的次数多了，免不了走街串巷找米粉店。在长沙，米粉店是一个单独的江湖，有名门正宗，百年老店，也有后起之秀，得了武功秘籍隐于胡同深处。长沙米粉名气大，跟常德米粉一时瑜亮，各擅胜场。小时候，母亲带我去长沙，早餐总是一碗米粉，依稀记得有家“和记”米粉店，北门外，湘春路旁，到处还是郁郁葱葱的大树。“和记”米粉做得爽嫩滑口，一毛钱左右一碗，不论盖码，光是那滚烫的猪骨头汤就让人胃口大开，一层清亮的猪油糅在雪白的米粉和汤水之间，撒上翠绿的葱花，像极了早春三月湘江边一段弯曲的河流。母亲说，北门外原来有个福湘女中，她有个同学姓何，在那里当老师。每次回常德路过长沙，母亲总要带我去何阿姨家盘桓，推开她家的窗户，可以看见留芳岭。留芳岭，多好听的名字。母亲说那里有座吊桥，春风晃来晃去，我从来没有见过。

老长沙的传说实在是太多了。关于米粉，多少也有过一些。“和记”家的米粉，口碑甚好，传说也多。1958 年 4 月，孟夏时节，毛泽东从武汉到了长沙，在黄克诚和省委书记周小舟的陪同下，曾经视察过坡子街的火宫殿，席间吃了一小碗米粉。老人们说，这碗米粉的粉皮，就是特地从湘春路的老“和记”取的。那一年春天，燕子南归得早，志愿军从朝鲜撤军了。

后来我在金庸的小说《笑傲江湖》中见到一个卖馄饨的高手，人称“潇湘夜雨”的莫大先生。但我疑心是不是查先生写错了，他卖的不是馄饨，应该是米粉。查先生说莫大瘦得像个痨病鬼，用一把胡琴在小巷的黑暗中能拉奏悲咽凄凉的“潇湘夜雨”，倒也不负他衡山派高手的名头。书上写莫大有一柄又薄又窄的琴中剑，能使出“百变千幻衡山云雾十三式”，的确厉害，卖馄饨亏了，还是卖米粉更加亲切些。

朋友告诉我，长沙米粉好吃的实在太多了，几乎每一个小区门口都有一家让人舍得坐下来的米粉店。这比较符合我的想象。年纪大了，总想口味这东西，真让人捉摸不透，我在武汉吃的长沙米粉，做法大体相同，似乎总是差了一点什么东西。是葱姜蒜的不同，还是汤水、米粉的变化，我也说不清楚。如今武汉的市面上湘菜馆到处都是，做得入口的，却没有几家。至于米粉店，就更说不上精致、地道。倒是十多年前，在汉口扬子街的背街上，无意中遇见一家，米粉劲道，盖码新鲜，高汤浓郁。下雪的时候，坐轮渡码头过汉口，在江汉关下船，我会从江汉路步行转进扬子街，找到那家米粉店吃一碗。老板姓杨，举家从望城来，他总是说，自己是雷锋的老乡。

有一年，我去长沙望城工作，回程时在长沙小憩。晚餐和邓兴、杨兰在湘江边的一家土菜馆喝酒。好像是夏天，正是热浪翻腾的时候，入夜后的长沙，仿佛在蒸笼中。大家不愿意散场，就在酒桌上喝着啤酒纳凉。后半场诗人小抄开车来，见我们喝得高兴，小抄说不如去观音井巷里的夏记吃米粉吧。一众人马哄然叫好，转道蔡锷南路边上一个偏僻的小巷里。五六张小桌，十多个食客，夏记米粉店的肉丸粉加上一把土芹菜，鲜美的滋味让我至今难忘。

再后来去长沙，我总是拉着小抄领我去夏记吃米粉，却从来不记得观音井巷在什么地方。说多了几次，连自己都不好意思起来。《潇湘晨报》的袁复生听说我喜欢吃米粉，有一天非要带我寻另一个去处，说他知道有一家即将拆迁的老店，味道好得不行，几个兄弟就趁着酒兴徒步去找。穿过横竖不清的几条小巷，周围尽是残垣断壁，独独那家米粉店在深夜还亮着黯淡的灯光。米粉是好的，汤料也是好的，斑驳的墙壁上还挂着一幅毛主席像，烟尘中，已经看不清晰。如今，我已记不得那家米粉店的名字了。只记得那个夜晚，一轮明月高悬在长沙之上，月光淡淡地，照着小巷外的废墟，巷口有棵老槐树，在阴影中一动不动。

前几日，在河西的望月湖边跟广西湖南的一群诗人喝酒，小抄告诉我，那家米粉店叫“一家粉店”，正好在路口。昏黄的路灯下，店里店外站满了影影绰绰的食客。虽然赶不上藩城堤那家酸辣，但米粉还是好吃，做盖码的肉丝和红辣椒也新鲜。我们喝酒，吹嘘着自己的往事。张执浩说：“我这里树枝乱颤，我那里河水颠簸。”隔着茫茫的酒桌，非亚说：“冒烟的天空……”那天夜晚，春风过境，有一轮弯月垂在湘江边上，有一颗火星挂在岳麓山顶。后半夜起风了，香樟树乱晃，有人喝醉后，坐在马路边一个人哭。

西北偏北

1

再一次停留在祁连山下，我依然能感受到它的威严和肃穆。雪山依旧高大，草原依旧辽阔，牧马的匈奴们，已经退隐至山阴。焉支山在左边，冷龙岭在右边，中间是开满野花的皇城遗址。瓮城残破，护城河中野草摇曳，红绿琉璃瓦当散落一地。月圆之夜，满天星辰照耀甘肃，我们在月光下喝酒，你看，群山环绕，像个拥抱。

八百年前，蒙古王阔端凉州会盟，曾在此地勒马长啸，但刀枪剑戟也掩不住一个王朝的没落。倔强的护城人住在土坯的屋子里，放羊，牧马。他叫马云，回族，来自青海，引我们去他家看皇城巨大的门轴墩，一块巨石雕成，直径有一米五左右。可以想见，当年皇宫的规模和宏伟。马云说，来盗墓的人太多了，挖机都开了过来。他每天都没有办法吃午饭，只徘徊在遗址周边看守这属于他的牧场。

站在皇宫正殿的高台上，我指着对面的雪山问他，那座雪峰叫什么名字？他犹豫了一下说：“那是雪山之父！”

昨天晚上，正是满月，照着雪山和森林。我们坐在祁连山的凉风中喝酒，和裕固族的姑娘们在车灯下跳舞唱歌，一颗流星坠落，似乎落进了祁连山的深处，我隐约听见了它轰隆落地的声音。

山那边就是青海。我要试着走一走匈奴入中原的古道，我想知道，铁骑入关，第一场厮杀发生在哪里？李广、卫青、霍去病、苏武们如今去了哪里？历史的烟云迷障，终将化作尘埃，个人的欲望和追求，不过是坟头新草，一茬茬的，看来看去，不过是轮回复轮回。

2

我一直觉得，祁连山是被忽视了的一条山脉。在中国的版图上，大多数人的目光往往聚焦在昆仑山、横断山等地，而祁连山，由于并未处于中心地带，往往会被误会成一条并不重要的山脉。但实际情况并非如此。

在中国地形图上可以看到，祁连山东段山势由西向东降低，包括走廊南山—冷龙岭—乌鞘岭、大通山—达坂山、青海南山—拉脊山三列平行山系，其间夹有大通河谷地、湟水谷地和青海湖盆。汉、宋、元、明期间，在这一片广袤的土地上，发生过诸多影响中国历史进程的重大事件。换句话说，这里实际上孕育和见证了中国历史多民族、多文化交流融合的过程。

就算单从地质条件和风光来论，祁连山也不输中国任何其他的山脉。这里有冰川 3 306 条，面积覆盖达 2 063 平方千米。河西走廊的绿洲，完全仰仗祁连山区的辐射状水系。也难怪匈奴在败退之后哀叹“失我焉支山，使我六畜不生息；失我祁连山，使我妇女无颜色”。

但是，在匈奴人的眼中，祁连山并非是目前我们谈论的三条山脉。在他们看来，祁连山单指最北的一支，即走廊南山和冷龙岭。这条山脉的中间，夹杂着大片丰美的草原和森林，往北，越过牛首山，是内蒙古巴丹吉林沙漠和阿拉善右旗；往南，就是青海门源一带肥沃的土地，历来就是兵家必争之地。所以目前张掖朝西北方向前行，还可以看到明长城遗址以及嘉峪关、玉门关等边关要隘。

我记得“羌笛何须怨杨柳，春风不度玉门关”，也记得“莫愁前路无知己，天下谁人不识君”。边塞诗歌为此地的风光和独特的文化做出了最好的注脚。再西行，就是新疆。就算“新疆”二字，其实一推敲，也可以看到中原文化的扩张历程。新的疆土，囊括了西域，这中间又有多少惊心动魄的故事不为人知。

这几天，祁连山一带阴晴不定，刚刚还是晴空万里，转眼就骤雨狂风。我们驱车进山，辗转走到了冷龙岭雪峰下的百花掌草原。百花掌，多美的名字。高山草甸上的野花开得疯狂，一直开到祁连山的林线边上。

山谷中遇见一家裕固族牧羊人开的农家乐。三五顶帐篷就支在野花丛中。停车问路，正好遭遇雷电大雨，索性就坐了下来，一盆手抓羊肉，一壶酥油茶，一箱青岛啤酒。喝起来吧！我们在帐篷里唱歌，山谷间的雷声做了低声部的伴奏，有人端着酒杯高声吟唱：“早知道黄河的水要干了，修他妈的铁桥又是做啥呀咧?!”

雨越下越大，雾霾茫茫，那一刻，仿佛整个祁连山都要淹没了。

3

该如何表达见到那片草原时的心情呢？祁连山威严得像个父亲，不苟言笑。山坡下的草原，在阳光下色彩斑斓，宛如少女的花裙。转过石佛崖，那片草原坦然登场，似乎一直就在等待我们，宽阔，辽远。在起伏连绵的山谷中，唯有寂静，属于她。

夏日塔拉草原，翻译成中文就是金色的草原。但其实，她何止只有金色。在山的那边，河流的那边，是橙黄色的油菜花，你不能说她是地毯，那实在是侮辱了闯入你眼睛的色彩。但你也无法说那是一幅油画，她的层次，她的明暗，又不仅仅是一幅油画能够概括得了的。说到底，当你沿着雪山奔驰时，所有的语言和过往的概念，都显得多余，唯有寂静，属于她。

夏日塔拉东连天祝，西靠山丹，东西长 95 公里，南北宽 72 公里，总面积约 6 840 平方公里。在中国，像这样的雪山草原已经成了稀罕之物。难得的是，这里偏僻难寻，民风淳朴，尚未被无孔不入的策划和商业破坏。深夜走在草原中，汉朝的月亮依旧照耀你，一刀一刀的风吹过那些野花，接着吹过你，它们磨损着山冈，一千年来，它们一直这样，唯有寂静，属于她。

但也有不寂静的故事。想当年，同样的明月照着“控弦十余万”统辖河西的月氏。匈奴曼单于将太子冒顿送去月氏做质子，旋即却暗袭月氏，企图借刀杀人。但冒顿侥幸逃脱，出民乐，过山丹，渡弱水潜回匈奴，射杀其父自立单于。汉高祖四年，冒顿单于力破东胡，灭月氏，一举平定河西，平野牛马之域尽归匈奴。这才引发了张骞出使大月氏，霍去病出陇西击匈奴。祁连巍峨，草原无边，到最后匈奴内乱，浑邪王杀了休屠王，率四万余众黯然归汉，散于陇西、北地、云中等五郡塞外，不知所终。

坐在皇城的台阶上喝酒，听同行的朋友讲前朝往事，眼前是祁连山的倒影在草原中缓缓移动，父子反目，宫廷政变，尔虞我诈，所谓权谋杀戮其实也就是荒草般听天由命。到如今，故事中的喊杀声渐渐消失在夜色里，不知道是谁在放一首藏密喉音，隐隐约约的低音顺着河西走廊传来，就像有个好久不见的熟人挨着你坐下。抽一支兰州吧！朋友，等月亮上山，我们再醉。

4

肃南到张掖，大概有一百公里的距离。从祁连山深处走出来，有四十公里在草原中穿行。到了马营，才算是离开了祁连山。但我们依旧可以遥望到它在阳光下的身影。继续西行，过永昌，顺着祁连山脉的走向，直抵焉支山。

焉支山名气不输祁连山，大概还是因为匈奴文化的影响。高速公路上，已经可以看见连绵不绝的明长城遗址。城楼，箭垛，烽火台，在山脚下的冷风中伫立，有的城墙几乎就靠着山冈修建，似乎在彰显着皇权的威严。山那边是赵信城头秋月满，山这边是我天朝浩荡，不能动摇。

这条路，就是著名的丝绸之路。张骞出使走过，霍去病征战走过，几千年来，它承担和负载了太多太多的责任与义务。到如今，数月的里程，两小时就走过去了，箭似的。快之余，又有些遗憾，长城外的清香尚未闻到，我们就已经匆忙离去。或许更早的时候，王翰和李白也曾经在此逗留，骑马过焉支，俯仰天地，一个人说葡萄美酒夜光杯，欲饮琵琶马上催。一个人说，虽居焉支山，莫道朔雪寒，妇女马上笑，颜如赪玉盘。

都是好诗。我们在张掖感受到了这一点。穿过张掖 65 公里就是马蹄寺，匈奴单于的避暑之地。三十三天，万佛洞，1 600 年前就开始修建的寺庙和佛像，如今荡然无存。只留下些石壁上空空的佛龛，让人无言以对。我历来对主义就不怎么感冒，每每看到“文革”中被破坏和摧毁的文物古迹就更加痛心疾首。站在萨迦派班智达大师的舍利佛塔下遥望马蹄寺，除了扼腕叹息，什么也做不了。

老陈问我，张掖是什么意思？我出来之前查阅过一些资料，是说“断匈奴之臂，张中国之腋”。只是，当我看到那些空荡的佛龛时就想到，匈奴如今早已不在了，真正断了中国之臂的会是些什么东西？

张掖城外开满了向日葵。今天西北是阴天，没有太阳的时候，向日葵还会围着太阳转吗？我在苞谷地中上厕所，旁边的田埂上就是一排向日葵，黄昏的风吹过向日葵，它们低着头，在乌云下仿佛油画中的一排静物。

5

唐朝诗人韦应物写过一首很棒的诗，名字叫《调笑令》。此人一直擅长描绘田园，和王维、孟浩然、柳宗元并称为“王孟韦柳”，田园诗四大诗人。但奇怪的是，越是这些被称为田园风格的诗人，越是写出了名满江湖的边塞诗歌。韦应物是这么写的：

调笑令

胡马，胡马，远放燕支山下。
跑沙跑雪独嘶，东望西望路迷。
迷路，迷路，边草无穷日暮。

这首诗我少年时一读就爱不释手。后来年纪慢慢大了，越发觉得写得苍凉宽阔，很有些“敕勒川，阴山下……风吹草低见牛羊”的气魄。

从张掖出发去往嘉峪关，一路默念着这首诗。或许是因为车窗外的戈壁滩，也或许是因为突然出现的一片绿洲，我突然深切地感受到韦应物策马入凉州时的心情。想一想其实也对，安史之乱，国破家亡，那时候黄沙漫天，兵戎相见，去边关跑沙跑雪，也只有无穷日暮的心情。

出张掖前去了趟大佛寺。那座寺庙能够残存下来，是没有想到的事情。但我不喜欢大佛寺这个名字，如果能够换回原来的名字多好啊！迦叶如来寺这个名字应该更适合它。法轮常转，佛法无边，俗人和圣人都在这里礼拜。木头房子，雕梁画栋，狮子头低垂，龙首高昂，卧佛安静地睡在那里，睡了一千年，还要继续睡一会吧？

嘉峪关就不同了。游客如织，走马观花。箭垛和墙壁上刻着“某某某，我爱你”！钻天杨在夕阳下默默地生长，树下是一大片芦苇和野花。土墙和城楼被绿色的纱窗笼罩着，这是一座正在维修的旅游景点，它即将的焕然一新似乎在暗示你，门票的价格对得起你。

但我实在是喜欢“柔远门”这个名字，怀柔以致远，须知柔远意，率土尽王臣。那么多情，又那么傲慢。城内游击府的一副楹联更是写得图穷匕见：“百营杀气风云阵，九地藏机虎豹韬。”笔力苍劲，法度井然，写得真好，但不知道作者是谁。

不过范仲淹或许知道作者是谁。1040 年，北宋对西夏用兵，范仲淹被钦点派往西北前线，任陕西经略安抚招讨副使。庆历元年，又迁左司郎中擢升枢密副使，狄青等边塞名将皆为其所用。他有一首千古名作《渔家傲》真切地反映了当时当地的戍边情景。“四面边声连角起，千嶂里，长烟落日孤城闭。”是啊！铁边山寨、槐安镇、白豹寨、柔远寨、细腰城，当年的环庆二十七寨如今早已湮没在大漠的风沙中不见踪影，唯有一句“衡阳雁去无留意”依旧婉转深情，在细腰城的遗址前低吟浅唱。

离开嘉峪关，又想起韦应物的迷路之歌，和着范仲淹的羌管悠悠忽隐忽现。有几只燕子在嘉峪关的城头乱飞，天地间的事情，我是说不清了，或许只有它们才能够说清。

6

唐天宝元年，甘州改称张掖郡。天宝进士岑参游历河西，从兰州出发，过武威，入山丹，去了居延古城。后来他更远走了几步，走到了花门山堡，写过一首《戏问花门酒家翁》：“道旁榆荚仍似钱，摘来沽酒君肯否。”这条古道，史称突厥道，唐中期，回鹘取代突厥，世人又称之为回鹘道。“渡张掖河，西北行，出和黎山峡口，屈曲东北行千里……又北行三百里有花山堡，又东北行千里有回鹘衙帐。”这是《新唐书·地理志》中的记载。如今知道的人已经不多了。但是古道的方向感很明确，和我们现在从兰州入张掖去额济纳旗的路线基本一致。当年走过这条路的还有高适、王维、陈子昂等一大批诗人。其中王维在开元二十五年，更是以监察御史的身份出塞宣慰视察，写出了名满天下的“大漠孤烟直，长河落日圆”。

去年，兰冰曾经陪我沿着这条古道往西北行，走到了居延海。那片沙漠中的湖水，在夕阳的映照下有着奇异的光芒。芦苇荡，白头翁，骆驼慢慢走在沙漠深处，真的是花门南，燕支北啊！牛马散北海，割鲜若虎餐。我们在深夜的戈壁滩上喝酒，漫天星辰大如斗，大如明月，大如宇宙。我们抱着酒瓶唱歌：“西北偏北，羊马很黑，你饮酒落泪，西北偏北，把兰州喝醉。”凌晨的月亮变得灿若落日，橘黄色的月亮越来越软，慢慢地，落入地平线的那边。

这一次去西北，依然是沿着这条古道前行。不同的是，我们走到嘉峪关，就折转南行，过扁都口，穿越雄伟的祁连山，入青海，在茫茫的油菜花及草原中奔驰了几天。这是另外一条与回鹘古道、丝绸之路相连接的路途。它过门源，绕西宁，贴着青海湖，一路直奔拉萨。雪山草地，蓝天白云，就像有某位神灵在暗中操作，在西北偏北的兰州、张掖一带汇集，慢慢地，成了这片广袤草原中的传奇……

我们一路上听得最多的民谣就是：“金张掖，银武威，铜山丹，铁高台。”我信中国民间这种说不清来源的话语，它们能准确清晰地传达历史烟云中那些浮沉的故事。祁连山的雪水滋润了这条古道，塞上江南，青唐蓝市，红水黑河，多么让人向往和迷恋。

当我们在祁连山中穿行，看见整条山谷中灿烂的油菜花时，没有人说话。当我们坐在青海湖边上看见天空中的白云被凉风吹散时，也没有人说话。所以必须承认这个世界上还有许多东西你我不了解，就算是司空见惯的一朵花、一片云，它其实也不在你的世界中。下午六点，青海湖的上空阳光灿烂，更远处却是一片乌云连着更远的山脉，没有人知道，那片乌云下有什么东西。

坐在青海湖边上，想起白天在张掖马蹄寺参观时看见的一个故事。乾隆四十五年春，六世班禅进京。过塔尔寺，经扁都口进入河西走廊。有一天入马蹄寺礼佛，庙中有神牛护法，以班禅唯尊，急趋以避，头甫入殿角，班禅已入大殿，神牛止不敢动，所以现在留下了一头牛的后身泥塑，成为马蹄寺的圣迹。

那一年秋天，乾隆给走在路上的班禅发去了金银华袍以及一条谕旨。谕旨说："汝为西方大活佛，今后对御容无庸跪拜"，以示优崇。那时候，天色阴沉，江山如画，班禅活佛正走在百花灿烂的祁连山中。

7

所以离开祁连山的时候，你不能回头。

当飞机摇晃一下翅膀，坚定地一路南下时，我从舷窗朝下张望，黄河弯弯曲曲静止不动，到处是灰色的山峦皱褶，秦关有路通西夏，突出荒台半依云。一千年一晃就过去了，河西走廊的呐喊和厮杀如今只剩下一些残垣断壁，因果报应。中国的历史总是半遮半掩，扑朔迷离，朝代更迭就是推倒重来，斩草除根，让人伤心。我真希望能重新看到李白的天山明月，王维的大漠孤烟，范仲淹的孤城落日。当然，还有岑参的花门山堡，弱水边的野花，挎着战刀的匈奴——它们已经全部沉入了我的梦乡。

离开甘肃的那一夜在门源喝酒，喝青海互助县的青稞酒。那酒真好，让人分不清法身、化身和报身。艾先仁波切喝高了，张堪布喝高了，徐活佛喝得喃喃自语。凌晨两点，星辰闪耀，我和陈居士走在宽敞的马路中央，古城寂静，明月降临，满城都是油菜花的清香。

菖蒲菖蒲有清香

1989年仲夏，我去过一次三峡。那时候从武汉去宜昌，有一趟很慢很慢的绿皮火车，从武昌火车站出发，施施然开过去，要六七个小时的时间。过仙桃，入荆州，再朝西开，宜昌小城依偎在西陵峡的出口，安静怡然，对外面的世界似乎毫不在意。宜昌老火车站在一个小山坡上，左上右下两条路，依稀记得，路的两旁零散种了些樟树和梧桐，同行的朋友叫郑朝阳，武汉音乐学院毕业，是当年乐队的键盘手，胖乎乎的手指抓着行李从车厢跳下来，“宜昌的天，是解放区的天！”他这么说，边说边做了一个鬼脸。那天晚上，宜昌的天气真好，我看见大熊星座悬挂在西北的天空上，四周空荡荡的，没有别的星星。

那一年夏天，我们去了秭归、巴东和奉节。从宜昌出发，坐慢船一站站走，要好几天时间。没有三峡大坝的长江，依旧如一万年前那样，太平溪、茶店子、香炉山、羊角尖，都是好听的名字好看的风光。秭归和巴东紧紧相连，在大巴山脉和巫山余脉的交界处，江水从更上游的破水峡入境，浩浩荡荡，激荡着春夏之交的风云。特别是黄昏，行船缓慢，两岸的山隔得很远很远，整条江上没有几艘轮船。山坡上的柿子树和橘子树在民居旁摇摇晃晃，模糊的光芒中，似乎看得见炊烟，黯淡又迷离的夕阳倒映着兵书宝剑峡的山峦。天地开阔，人事唏嘘，革命与不革命真算不得什么。扶着栏杆抽烟，看着静静流淌的江水，恍惚觉得这条江中从来就没有淹死过人。

我记得那天夜晚，秭归县城的码头旁只停靠着我们这一艘轮船。天刚刚擦黑，下起了雨，我对朝阳说，上岸去喝酒吧。沿着码头走上去，正是秭归掌灯的时候，我说这里就是屈原的老家，说不定屈老夫子也喜欢这个时间上岸喝酒呢。夏天的风顺着江水吹，满山的绿野在朦胧的夜色中分辨不清，唯一清晰的是码头外红旗宾馆门前的那家餐厅，猪蹄子烧得真好！一元五角一个，价格便宜得让人吃惊，很多年后我依然怀念那个味道。在一条斜斜的巷子口，一家副食店，一家小餐厅，红旗宾馆的门框是石头做的，门口有两棵橘子树，透过树叶，你可以看见更远的更高的小山城。小餐厅的老板说："明天是端午节，县里面广场还有跳舞的呢！"

我们坐在街边喝酒，一个小火锅炖着鱼头，辣椒酱，酸萝卜，月亮刚刚从背后升起来挂在秭归的山谷中，"秭归的秭是什么意思？"我问朝阳，他摇了摇头，拿着一只猪蹄，指着餐厅门口挂的一串菖蒲说："可能就是它的意思。"

第二天我们弃船上岸，从秭归搭乘大巴继续前行巴东。我心里想，换作一千多年前，屈原游历山川时，也可能会走这样一条路吧？二峡背后的公路弯曲旖旎，跟从江上看似乎完全是两个世界。早晨的山谷间，气温很低，山腰上是一大片又一大片的柑橘林，端午节前后，它们正绽放着细小的花朵，隐约的花香，在静静的山冈上随着云雾升腾。一个村庄在山顶，一个村庄在山谷，连绵的县级公路从村庄中穿过，豁口间，偶然可以看见三峡的江面一闪而过，我拉开车窗，望着窗外这崇山峻岭，昏昏欲睡中不知道说些什么。

“深林杳以冥冥兮，乃猿狖之所居；山峻高而蔽日兮，下幽晦以多雨。”我疑心当年屈原写下这些句子时，也正在从秭归去巴东的路上。但他为什么要去巴东呢？我也不知道。或许这仅仅是我的臆想，他可能更应该去的方向是顺江而下，过荆州，走澧水，入湖南，去汨罗，要不然他怎么又写“哀吾生之无乐兮，幽独处乎山中。吾不能变心以从俗兮，固将愁苦而终穷”？车过黄牛岗时，上来一个山民背了整整一箩筐的菖蒲，他跟司机说，我就去前面的青岭乡。还是清晨，车上没有人说话，转了好多弯后，我要去的巴东还很远，但我已经闻到了一满车菖蒲的清香。

前年秋天，和一个朋友去汨罗。从常德出发，走长沙，过望城，几个小时就到了汨罗小镇。黄昏时在县城边转悠，长江离得很远，根本看不见，看不见就好像不存在，人生大概也是这样。刚刚收割过的稻田里空空如也，晚归的鸟雀乌压压在树梢上乱飞，似乎找不到回家的方向。

晚饭后，同行的朋友带我去汨罗江边散步，路过一个小村庄。暮晚时分，村边的几家农户还没有亮灯。站在玉池山边回首张望，其中一家农户屋檐飞翘，刷了白边，门口贴着一副春联，只是春联在风雨中已经变成粉白色，看不清楚字迹。他家门楣上还悬挂着一束菖蒲，枯萎的菖蒲在晚风中微微颤抖，欲语还休。

即兴曲

1

上星期在祁连山旅行时，诗人谭克修找我，从定西地震谈到匈奴、回纥与月氏国。最后准备挂电话时，他提起一件旧事，说我答应的一篇文章老是没有交稿。我们又从六月的两湖诗会说起，岳麓山、吹香亭、湘江水以及关于诗歌的本土性等等话题，不知不觉阳光已经从祁连山的南边转到了北边。冷龙岭的主峰冰川矗立，夕阳映照下闪着金粉般的色彩。我有点恍惚，此刻身在塞外，冷风吹过山谷，白云在山腰缓缓移动，还有一大片一大片的野花在我脚下疯狂地生长着——可是关于诗歌，我还能说些什么呢?

我每每遇到这样的问题时就有些迟疑。诗到底是怎么样的，对我来说实在是一个巨大的难题。这难题诱惑着我，让我在每一首诗歌的开始和结尾都徘徊不定。说实话，我不是一个在艺术追求上坚定不移的人，也不是一个对自己的写作信心满满的人。或者说，我喜欢的那种状态，是模糊的，散发的，有着随时变幻的可能性。这可能是我的人生观。人事无常，人世无常，我们走在路上，哪里有什么目标和终点。

1989 年的冬天，我来过一次西北。80 年代末的中国，从武汉去甘肃没有直达的火车，我和几个朋友先坐上去西安的火车，然后再转乘从西安到兰州的火车，一行四人的目的是陪着其中一个郭姓朋友去兰州谈恋爱。上火车的前夜，几个人在汉口吉庆街后的泰珍火锅吃饭。张涛的家就住在黄石路荣宝斋的楼上，他父亲请客，席间叮嘱我们说，去西北要注意安全，不要和别人发生争斗。那时候我们都是刚刚二十左右的愣头青，憧憬的是大碗喝酒、大口吃肉，和少数民族在帐篷里唱歌跳舞，塞外边关，朔雪纷飞，多么美好的景致！

凌晨我们徒步走去汉口火车站，马路上没有人，晨光清冷地照在中山大道上，蔡锷路的小巷子里，隐约传来了洒水车的铃声。那是一辆绿皮火车，安静地停靠在月台上，我们拥坐在硬座车厢中，把书包随意塞进头顶的行李架，像所有武汉的老油子般大声喧哗、抽烟，拿出扑克牌来玩跑得快。临开车的时候，张涛的父亲赶到站台送我们，给我们带来了一箱听装啤酒和一条箭牌香烟。火车一声长鸣，慢慢开出车站，他站在月台上看着我们的样子似乎忧心忡忡，张涛扯开啤酒箱说，喝酒喝酒喝酒……我摸了摸自己的口袋，里面装了 85 元钱。

2

多年以后，我在许多诗歌和散文中反复回忆过那次旅行。青涩、冲动、迷茫交织在一起，我们看着窗外的中原大地在阳光下空空荡荡的，稻田里什么都没有，寂寥的村庄上空，乌压压一大片麻雀在飞。车厢里的人也不怎么说话，只有我们，不知疲倦地打扑克、喝酒，说着到如今早已忘却的废话。

我现在还记得，那年三十的夜晚，兰州下着大雪。兰州红旗宾馆没有旅客，只有我们几个年轻人。夜幕降临之后，街面上也没有行人，我们穿着拖鞋坐在宾馆门外的台阶上，老郭的女朋友用军用饭盒从家里带来了饺子。他毫不客气地手抱着饭盒，一口一个，边吃边对我们说，猪肉大白菜的，不错呀！你们谁想尝一尝？我们看着他得意的嘴脸，当时恨不得把他一脚踢出门去。

后来我们居然在某个偏僻的小巷中找到一家尚在营业的小餐厅，矮小的门面，两张小桌一拼，算是点了一桌西北风味的年夜饭，一瓶白酒喝醉了几个。酩酊之后，我回到宾馆，翻阅随身带的一本诗集，读到一句："蔷薇花踮起脚跟，偷看死者的墓志铭。"心里一惊，好像听见了窗外哗哗的落雪声。

3

老郭的恋爱最终以兰州月台上的一场痛哭画上了句号。火车开出兰州的时候，天空晴朗，兰州城外白雪沃野，能见度极好，似乎可以看见祁连山的影子在地平线那边起伏不定。黄河清澈地流淌着，一车厢的陌生人都在看着车窗外的白雪发呆，也没有人知道老郭在想什么。

他在站台上抱着送行的女孩痛哭时我也不禁眼圈发红。火车的汽笛已经拉响，列车员低声说，好了好了，该上车了。我们几个跳下车厢撕开了他们，就像撕开一块伤疤好了却紧紧长成一体的纱布，瞬间离开，血肉见红。女孩捂着脸蹲在地上，老郭被我们强行架上了火车。那一瞬间，老郭特别像个烈士，愤怒地踢打着我们，似乎在绝望地战斗。而那个兰州女孩跟着火车在跑，风吹起了她的头发，跟朝鲜电影《卖花姑娘》里的顺姬一模一样。

十年后我在清江旅行时偶然想起了兰州，在一个忘记了名字的旅店中我写过一首《西北偏北》。似乎跟老郭的爱情没有关系，似乎又有关系，我也说不清楚。"姓马的母亲在喊你，我的回回，我的心肺……"

4

我真的不清楚一个诗人的成长是否有迹可循，反正每个人都会慢慢长大，或者说，慢慢衰老。我一直收藏着一张当年四个武汉小伙和一个西北姑娘在兰州中山桥头的照片。我们依靠在桥头的栏杆上微笑，二手皮夹克，短发，阳光照在我们的肩膀上似乎很温暖，背后就是高高的白塔山。

后来我问过老郭，当年在兰州，你是真的想留下来吗？他低头喝了一口酒，并没有回答我的问题。

那是一个午后，阳光灿烂，长江就像黄河一样，在不远处静静流淌。崔健在收音机里唱："我要从南走到北，我还要从北走到西；我要人人都看到我，但不知道我是谁……”

5

我现在43岁了，写了几百首诗，突然发现自己并不知道诗歌是什么。我问过张执浩，你知道诗歌是什么吗？他摇头说，其实他也不知道。末了他又补充了一句：“我要是知道，我就不写了。”

这或许是一个比较聪明的回答。换句话说，诗或许是一个类似宇宙一样的东西，它悬隔于我们的生活，却又无时无刻不在干涉着我们的生活。一个诗人的目的，或许就是找到通向另一个世界的隐秘通道，只有这样，我们才能在黄昏回家的时候恍然大悟：原来每天经过那些开在窗台下的太阳花和墙角的留言，就是他妈的诗啊。

有一年去西藏，走啊走，到了洛卓窝隆寺。清晨入寺庙遇见一个老活佛，他看着我微笑，站定了问我，你从哪里来？我告诉他我从武汉来。那活佛点了点头，说武汉是个好地方。我歪头看着他，觉得自己像是《少年派的奇幻漂流》里的主人公，看见了巨大的鲸鱼在银河下翻身跃起，当然那活佛并不是小船上的孟加拉虎。我跟着他去佛堂后的客房休息，他说自己叫尼玛仁波切，来自理塘，到此地是为了重修这座上千年历史的噶举派祖寺。

那一夜细雨霏霏，滋润着西藏，尼玛仁波切跟我说，在我们证悟之前，我们所有的爱都是基于自我。他告诉了我一个故事，有一次，舍利弗或是迦叶尊者在释迦牟尼佛面前时，问文殊菩萨：

"何为空性?"文殊菩萨沉默片刻，没有回答。然后佛陀赞叹说："那是正确的回答。"我听得懵懵懂懂，不知所以。尼玛仁波切起身离开的时候告诉我："人应该明白什么叫无常。"

同行的人半夜醒来，听着外面的流水声幽幽地说："尼玛仁波切刚刚说的是佛法。"我愣了一下，没有出声。他以为是佛法，我以为是诗歌。

那一年夏天，我穿越了整个西藏，在喜马拉雅山脉的峡谷中穿行，翻越喀喇昆仑山，到了喀什。喀什城外开满了向日葵，那些金灿灿的向日葵，从脚下一直开到了天边，我惊诧于它们的灿烂，也惊诧于旅途的疲惫中我恍惚触摸到的一丝心灵上的颤动。寂天菩萨说：若无智慧，所有的其他法道皆如盲道。站在喀什城外的夕阳下觉得人活着真不容易，我写下了"天色阴沉，就是赞美"。这是一句关于人生的领悟，或许也是一句关于诗歌的领悟。

6

后来我回到了武汉，然后我又离开了武汉，最后又回到了武汉。从诗歌的角度来说，我不能确定自己的属性，或者说我根本就不愿意确定某种属性。每个诗人都有一个只属于他的国度，隐秘、自由、无拘无束。我天生就不是一个喜欢团结的人，我只喜欢魏晋时的刘伶，乘鹿车出游，携一两壶酒，使人荷锸而随之，谓曰："死便埋我。"其遗形骸如此，大欢喜。"我以天地为栋宇，屋室为裈衣。诸君何为入我裈中?"何等的气派与从容。

但如今在中国，这样的人已经越来越少了，倒是装作不装逼的人越来越多。世风日下，人心不古，装作不装逼，也是一种苟活的方式，奈何？

就像此刻，雷雨正好下在祁连山中，夏日塔拉草原绿油油的，仿佛一个装满了嫩草的大花篮。我们坐在蒙古包中避风躲雨，艾先站起来喝酒，大声唱起一首老歌，歌词是我写的，飘飘忽忽，听不清楚，顺着山顶上的雨水落入山谷，再也没有回来。

我突然想起了老郭，摸出电话打过去，下午六点，武汉很远，电话里一阵忙音，无法接通。

红春节，白春节

1

元旦刚过，一连数天雾霾，长江两岸灰蒙蒙的。父亲腿疾，不能久站，电话中跟我说，家里该操办过年的事情了。想起儿时，家里烧蜂窝煤，到了年关，父亲都要坐在小煤炉旁炸圆子、做翻饺。筒子楼里，春节的气息会在飘散的香味里慢慢浓郁起来。“今年你家大概腌了20斤鱼，比去年多。多好啊！”老人们在门口互相寒暄。冬日阳光斜照着木头窗户，操场上残雪尚未融化，孩子们已经开始零散地放起鞭炮。的确是好时光。

依稀记得家中有个平底锅，父亲会用它做春卷皮。春卷皮要做得薄如宣纸，灯光映照下，甚至可以看见报纸的标题。父亲说，这是一门手艺活，如今会的人可不多。那时我还小，蹲在炉旁眼巴巴看着猩红的蜂窝煤慢慢烧成灰白，心里渴望着，如何能早一点吃到口。吃，比父亲讲的怪物“年”要有趣得多。当然，那“年”的故事更不能和窗外此起彼伏的鞭炮声相提并论。

每到午夜，母亲会把两元钱小心地塞进一个红纸包中，这个红纸包将压在我的枕头下面，三十年夜，外面有没有雪花不重要，重要的是，第二天清晨，我将带着两元钱，去合作社买回一把散装的春雷牌鞭炮。新衣服，新裤子，红色的鞭炮，响亮的春节。

2

王安石一生写得最好的诗是那首《元日》。他在诗中写："爆竹声中一岁除，春风送暖入屠苏。千门万户曈曈日，总把新桃换旧符。"小时候读诗不求甚解，"曈曈日"是什么，一直搞不清楚。长大后游历山川才明白，一个没有出过远门的孩童，的确难得体验一轮红日跃上山顶、金光大道通向天边的感受。

不过贴春联，新桃换旧符，倒是过年的一个重头戏。父亲写得一手好毛笔字，每到此时，会帮左邻右舍写上一副春联，然后命我送去。字句无非是"燕舞春风，腊尽春归"等吉祥如意的句子。

红纸是父亲自己掏钱去百货商店买来的，裁成长条，铺在桌子上。那时候的红纸质量欠佳，用手一抹，满掌通红。父亲笔走龙蛇，墨迹淡香，而我，就坐在满屋子的红色条幅中数着鞭炮。

这是红色的，关于春节的陈旧记忆了。它和餐桌上的红辣椒、红柿子、红枣、红萝卜一起，在小煤炉上，在浓浓的排骨汤里，在年夜的一杯白酒中，若隐若现地翻滚着。

3

有一年冬天，去内蒙古看雪。一个人取道北京，转机到了海拉尔，这里是北国边陲，有辽阔的呼伦贝尔草原和浩瀚的大兴安岭次生林带。到了才知道，原来蒙古族也过春节。蒙语中春节叫“查干萨尔”，意思是“白色的月亮”。

白月亮，多好听，似乎另有一种苍凉藏在里面。我趁着黑夜去额尔古纳，路途中，错过了冬季里的草原落日。汽车在城市之间的公路上穿行，一脉黑色，分开雪原。窗外就是成吉思汗勒马长啸的故乡，一轮明月高悬在上，孤独得很。靠在车座上，无端端想起乌桓、鲜卑、柔然、回鹘、女真，都是好听的名字，都和蒙古有关。只是他们早已经走远，成了记忆。多少故事，无不来如天坠，去如闪电。

朋友告诉我，蒙古的春节叫“白月节”。每年春节临近时，人们总要为哪一天过“白月节”而争论不休。他说，在蒙古国，每年“白月节”日期都是人们热议的话题。寺院的喇嘛、星相师和市民们纷纷发表各自的看法。有一年，居然是蒙古科学院院士、星相学博士特日毕希，根据成吉思汗制定的年历，结合天干、地支、五行等原理，算出当年 2 月 25 日是“白月节”，与汉族同一年的春节正好相差一个月。

4

第二天，去鄂伦春看大雪覆盖的白桦林。正好是“白月节”的年三十，接待的牧民叫吉日嘎拉，做了一顿丰盛的晚餐招待我们。客厅餐桌的正中间摆着一头只用水加盐煮熟的整羊，旁边是大盆的红焖羊肉，糖果点心摆了几层，精致的像座宝塔。吉日嘎拉大哥抱着整整一箱蒙古王酒往边上一顿，说："远方的客人来了，一会儿村子里的朋友都会来家里喝酒！"他身穿灰色蒙古长袍，足登香牛皮靴，腰系银腰带，抱了一下我，亲吻了我的左右面颊。

外面下着雪，静静的呼伦贝尔草原上，只有白雪。

酒过三巡，村子里的牧民们陆续来到他的家中，哈达越来越多，酒杯越举越高。午夜的钟声敲满 12 响时，女主人端上满盘的饺子，吉日嘎拉也点燃了九盏酥油灯，烛光摇曳，口诵赞词。有人自家中带来了马头琴，坐在一旁轻捻弦索，细微的声音渐渐响起，若有若无，过了一会儿，突然高亢起来，仿佛满天星辰瞬间坠落，他在喉咙深处唱："父亲曾经形容草原的清香，让他在天涯海角也从不能相忘；母亲总爱描摹那大河浩荡，奔流在蒙古高原我遥远的家乡……"

吉日嘎拉的女儿 18 岁了。她靠在门边跟着唱，她的名字叫萨日娜。

5

清晨醒来，金色的阳光照耀内蒙古。呼伦贝尔白雪沃野，一马平川。拉开窗帘，可以看见巨大的冰凌从屋檐垂下，女主人在客厅准备大年初一的早餐，轻轻的脚步声，像母亲的。这让我突然想起家中过年的排骨藕塘，想起儿时压在枕头下红纸包的压岁钱。

那一刻万籁俱静。我摸了摸自己的脸，发觉胡须长了一夜。炉子里的木头还在烧，天气真好，吉日嘎拉的木头屋子真温暖。

双廊的月亮

从大理去双廊，要一个小时的车程。苍山如墨，洱海平静。头顶的蓝天万里无云。想起海子写过，万里无云如同我永恒的悲伤。少年时读的我心里一动，至今还记得，那个坐在草地上读诗的下午。真美好。

后来我也写过。我的大海就是头顶的天空。不知道有没有如我一样的少年坐在阳光灿烂的草地上读过。那只有在西北和西南才能看见的蓝天，此刻紧紧拥抱着每一个靠近她的人，以及每一个企图离开她的人。

住在双廊，唯一能做的事情，就是静静地靠在海边一动不动。榕树下的石头屋子，阳光下的白蝴蝶，木头门，竹背篓，满地茶花，三角梅和小野菊开得灿烂，并没有香味。

大建旁村是个古镇。面朝苍山，依偎洱海。旁边就是游客云集的南诏风情岛和玉几岛。此地偏僻，与大理古城隔海相望，七八个客栈，三两对情侣，一到夜晚，海风摇曳中，漫天的星星仿佛在慢慢陨落。“最大的星星就是月亮！”我对一个做烧烤的白族小伙子说。他家的韭菜烤得真好吃。

在村子里转悠，看见白狗黑狗懒洋洋躺在阳光下小憩。人也一样，并不比狗要高明多少。许多家门板上写着粉笔字，真很有趣。“明天请到建仑家吃饭。”歪歪斜斜的，或横或竖，不经意中，又似乎有着专门的热情和执着。外人看了，大概都不明白，忍不住会笑。这或许就是最早的微信了？其实，双廊古镇民风淳朴，若有房屋奠基、迎亲嫁娶之事，只在门口用粉笔留言即可。想一想，阳光灿烂的下午，一个小伙子漫步在石板路上，张家住这里，杨家住那里，敲敲门，此刻洱海辽阔，家中恰好无人。从裤兜中掏出粉笔写一行字，来喝酒吧！多么美好的旧时光。

日本有个作家叫清少纳言，写过一本《枕草子》，当年风靡一时。她在书中写：“画胜实物者，如松树。如秋野。山居。山路。鹤。鹿。”又说：“冬天，以最寒为佳。”我读了很不以为然。该请她来双廊住段时间才好。此地天高皇帝远，此地的阳光，一定胜过北海道的白雪。

但也可能北海道有北海道的妙处。比如清少纳言就认为：“情人幽会，以夏季为宜。夜晚本来就短暂，不知不觉竟已至天明，所以往往不得就寝。”言语凄婉，恐怕还是因为冬季的寒冷，让她思念起夏季的温暖。但她没有来过四季如春的云南，或许到了双廊，她才会恍然大悟，原来世界上，并不是每个地方都需要冬季的。

澜庭别院的老板娘长得漂亮。她告诉我，洱海月是大理名景，不可错过。我在清晨七点的床头看见了。拉开窗帘，洱海扑面而来。一轮满月低垂在苍山之巅，倒影中，鱼儿潜入海底，不再探头。明代诗人冯可时在《滇西纪略》中是这样描述的：“日月与星，比别处倍大而更明。”老板娘说，前天是农历十五，应该在月圆之夜泛舟洱海，这才是真的理解了大理。

我没有去泛舟。只好遥想了一下那个寂静无边的时刻。月圆如轮，浮光摇晃，彼岸万家灯火，此岸寂寥一人，到底是天上的月亮掉了下来，还是海上的明月正在升起，谁也说不清楚。

我喜欢这种感觉，独自坐在人在旅途书吧，这里安静得只有轻微的音乐声，可能来自印度，也可能来自俄罗斯，轻轻的吉他声伴随鼓点，没有猫，也没有狗，连香烟的味道也没有。老板帅气洒脱，穿件浅灰色的中式布衣，只在满屋子的书中随手翻阅，却不说话。

那时候，还有什么你愿意去做的事情呢？不如归去。在玻璃窗的这边喝茶。你看，窗外荒洪，时间停止，宇宙不大，就在你我的杯中。

清白传家

从格桑云海旁边的小巷进去，有一家白族餐厅，名字叫海清饭店。在喧嚣热闹的阳光海岸，这家小餐厅，隐藏在客栈酒吧的背后，知道的人并不多。从生意的角度来考虑，我总在想，当地人的本族风味餐厅，如何不能上到街面上来呢？但或许海清饭店的老板不这么想。阳光灿烂，并不总是照耀洱海和苍山，本地人的口味，你不坐下来细细品尝，是不会明白的。

来双廊的时候，许多人都说，大理的美食，首推乳扇。真奇怪，偏居西南的大理，居然也喜奶酪乳制品？想起前段时间看的《舌尖上的中国》，中间也提到关于乳扇的种种传说，一直不解。在我看来，旅行，不仅仅是壮丽的山河对你的吸引，更有当地的文化、传说、饮食，无不处处留着暗香。就好像一扇大门敞开，你进去了，看了坐了，又有几个人能发现，人家的后花园，兀自开放着你永远也不知道的繁华和灿烂。

传说，通海县杞麓湖西畔风景如画的凤山脚下，目前还聚居着 5 000 余人，他们自元代以来一直保持着蒙古族的习俗。人们说，他们就是云南蒙古族人，750余年以来，这些人是如何生活的，又是如何保持着对蒙古的向往和思念的，又是如何与当地民族交融的，他们的服饰、语言、饮食，太多太多的话题，让我感兴趣。或许，乳扇就是一个突破点吧？

去双廊海清饭店，我抱着这样的想法。点了一盘乳扇，我问老板，你能不能告诉我，乳扇是如何来的？老板姓杨，白族人，挠了挠脑袋，害羞地说，呀，我还真的不知道呢！放下盘子他又说，不过我家的乳扇是双廊最好的乳扇。阳光照着他家的院子，两棵石榴树落光了叶子，去年的石榴挂在树梢，没人理会。

故事其实是这样的，1206年也就是南宋开禧二年，铁木真统一蒙古草原，被尊称为“成吉思汗”，开始征讨四方。1253年忽必烈率领十万蒙古骑兵进攻大理国，结束了大理政权统治云南200余年的历史，并且由此开始了南北蒙古军队遥相呼应、灭亡南宋的历程。但世事变迁，难以预料。公元1368年，朱元璋建立明朝，元朝崩溃。这支杀入南疆腹地的蒙古军队，从此沦落江湖，改名换姓，烟消云散了。

但他们曾经的存在，依然对本地文化造成了某种无法辨析的影响。比如乳扇的出现，从制作方式到口感，都沿袭了蒙古族奶制品的酿造方式。稍有变化的，不过是木瓜汁做酸水，以及晾晒和烹调手法的不同。

明朝有个叫杨升庵的人写了本《南诏野史》。有诗云：“酥花乳线浮杯绿。”诗中的“乳线”就是我此刻正在品尝的乳扇。《南诏野史》是以更早期的《白古通纪》为蓝本而编纂的，毫无疑问，乳扇在志书编成之前，在邓川等处就已存在并形成了规模。由此可以反过来印证，明灭元时，那支十万人的蒙古军队，对云南当地文化的影响和改变。

海清饭店的乳扇做得好，牛干巴也做得好。不过让我更感兴趣的是另外一道奇怪的菜，叫凉拌树皮。树皮也可以吃吗？我看着菜单摇了摇头。杨老板严肃地说，这是地地道道的白族菜，树皮是从森林中挖回来的。我又好奇地问，是哪种树的树皮呢？当时，洱海的风吹来吹去，他似乎没有听见我的问题。

后来我才了解到，其实树皮不是树皮，是生长在密林深处，岩石和树根处的苔藓。白族人钟爱它的口感清脆，我尝了尝，果然。入口香嫩，像蛇皮，又像干果，细细咀嚼，作料慢慢渗入，不能分辨，到底是果皮还是苔藓之香。

在我看来，白族的树皮之美和乳扇有异曲同工之美妙。风水轮流，皇帝生死，并不重要。永远不会变化的，是人们的衣食之欲。士农工商，三教九流，清晨黄昏的时候，面对的都是两三盘小菜，一个温暖的火炉。乱世也好，伟大也好，呼啸于人类历史山林的，往往是细节。比如云之南，山之巅，和内蒙古遥相呼应的乳扇之美，在其干脆、香甜，而白族人自己喜爱的树皮之美，在其嫩滑、可口。搭配的自然得益于云南晴朗的天空和淳朴的民风。我想谁也无法否认，文明的丝丝相扣，其实不在庙堂之高，永远的真实，就存在于这江湖之远，水落石出。

中午的阳光过分灿烂，照得四周黑白分明。杨老板端了一盘爆炒河蚌来，说真是抱歉，这盘菜分量不够了，就不收钱。他的脸神让人无法拒绝。抬头看了看他家的院子，影壁上写着四个大字：清白传家。三两棵茶花靠在墙边，低低的方桌上，摆着一个土罐当茶壶。左边白墙上还有一幅简单的山水，画上山峦叠嶂，大河奔腾，留款是山河远去。心里一愣，端起啤酒喝着，不知身在何方。

呜呼，山河远去，清白传家。多好的江湖，多好的人生。

千里走单骑

杨丽萍说："我学习的方式是跟一条河流学习，跟一朵向日葵学习。"在双廊的阳光下，我体会到了她的心思。当你独自坐在洱海边让风轻轻吹拂时，你真的会想到，如果自己变成一只蚂蚁会是多么好的事情。或者，你看到一只老鹰如何教另一只老鹰在山顶飞翔，你会不自觉地想，杨丽萍可能是对的。活在钢筋水泥中的人，是不会去琢磨风怎么吹动叶子发出声音。而我喜欢这种声音，你可能也喜欢。当阳光透过花丛，当风吹动树叶，树叶在水面上轻轻一划，波纹荡开，渐渐消失，多么温暖。朴素的方式带来朴素的世界观，没有为什么，就是喜欢。如此而已。

1988年，杨丽萍跳了《雀之灵》，名满江湖之际，退隐山林，回到了双廊的花草之间。画家赵青在这里修了青庐，在青庐旁边为她修了座月亮宫。我去的时候，月亮宫已经改名叫"千里走单骑"了。这名字好，字里有孤傲，也有寂寞。前两天，我去那别墅看了看，墙壁高耸，半圆望月，肥厚的仙人掌在阳光下疯狂地长。碧海蓝天中仿佛孤悬宇宙之外，静下心来，应该可以听见花开花落的声音吧。我这么想。

但是玉几岛的美好，并非杨丽萍独有。沿湖现在客栈林立，晴天，粉四，候鸟，海角等等，风格各异，自有情调。大自然在这里营造了一块风水宝地，来的人和去的人，或许没有注意到，在那些浪漫的花草竹木间，还有一丝丝的无奈和悲伤。

杨丽萍或许看见了。她说，在更深的大山里，还有不知道民族的村庄在繁衍生息。又或者说，一个村庄就是一个民族。他们住在半空中，屋子连着屋子，搭建在树上，只有牲畜在地上行走。晚风一吹，红轮西坠，油麻灯慢慢点亮，那样的生活，是他们的选择，谁又敢说，他们不幸福！

路过玉几岛的牌坊，正好迎面遇见一排迎亲的队伍。此地古风尚存，喇叭唢呐，铺天盖地。领头的两个小伙子抬着一块硕大的砧板，上面摆放着一只卤好的猪头，一把菜刀斜斜插在那里，在阳光下闪着夺目的光芒。

两条狗，跟着迎亲的队伍跑，一条是黑色的，另一条是白色的。

想起杨丽萍在《藏迷》中扮演的度姆。一束温暖的光照在舞台中央，双掌合十，咒语初念，她曼妙的身姿在黑暗中坦然登场，滚地而来的音乐直接撞开了人世间的悲伤。何其壮丽。

可惜的是，那个朝圣的老奶奶最后死在了路上。度姆的身影渐行渐远，舞台上风雪交加，内心中阳光明媚。老奶奶的小羊羔，紧紧靠着死去的亡灵。

无所谓了。

人生一世，必死无疑。你我何必再执念贪嗔怒欲。此刻，双廊正是黄昏，夕阳从苍山那边照过来，火一样的红。我坐在海边喝酒，云卷云舒，人世变迁，跟我有什么关系。清风磨损着山冈，一秒秒老去的是我和你，而双廊古镇静静的，一万年不变。

躲进牦牛角中的人

慈诚罗珠堪布仁波切给我发来一个短信："我是上次河边放生的那个人。"并且告知了我他的电子信箱。我当时在出差，连忙回信息说我在外地，回去后会尽快与他联系。顶礼。

几个月前，在成都参加了一次由色达喇荣五明佛学院慈诚罗珠大堪布主持的放生。很早以前我就知道，慈诚罗珠堪布现在担任五明佛学院的监院兼羯磨师，是藏地一位德高望重的上师，年轻一辈堪布中的翘楚。我曾经登录过他在新浪开的博客，那里上传有仁波切关于藏传佛教的一些文章和对修佛者的开示。左钦丹增松波仁波切曾经这样说："以前在藏地，在录音机里听到最多的是曲恰尊者的声音，现在听得最多的是慈诚罗珠堪布的声音。你如果在闻法方面发现我与他的说法有差异，那一定是我错了。我在印度的亲戚对我说，在印度喇嘛慈诚罗珠堪布的名声也非常大，他如同藏地的雪山，越远看越感到庄严而无与伦比。"

从成都往简阳方向驱车一小时，沿公路爬上龙泉山，有个石盘水库，也就是龙泉湖。龙泉湖东西长 12 公里，南北宽 4 公里。

亦湖亦河，俯瞰成都，正是放生的好地方。那天多云，雾气笼罩起伏的山冈和湖面，因为是早上，空气中还残有一丝山谷里的清冽。豆豆的一位师兄问，你想不想见见堪布仁波切？我点头说，当然，这真是一件好事情！她师兄微微一笑说，那我们去。顺着弯曲的河岸走，我在不远处的一辆吉普车边见到了他。

仁波切坐在车中和我交谈，平和，亲近，温厚，但又不失庄严。听说我是一个诗人，他显得十分高兴，和我说起藏传佛教中有一部典籍叫《诗境》，属于佛家“五明”中的“声明”，有36种形式。言谈中涉及两地文化沟通，仁波切说，现在愿意做这个工作的人实在是太少了。他对我手上一本正想写的《马尔巴传奇》十分感兴趣，低头在车中翻了一下，抱歉地说：“对不起，我的名片没有了。你给我留个电话。”我把电话号码写在朋友给他的名片背后，他拿过去仔细看了看，念了一遍我的名字，合掌说：“好的，小引。如果你有兴趣，不妨也为我们的放生写首诗吧。”

我把仁波切发来的信息转给豆豆看。豆豆什么话都没有说，只是反复念着：“我是上次河边放生的那个人。”她早些年皈依了藏传佛教，让人羡慕。这几年，我进出藏地多次，一是为那里的壮丽山河沉醉，更是为藏地宗教文化之博大所吸引。有一次，豆豆指引我去山南洛扎县的洛卓龙寺朝佛。那是去年，在夏天。

“洛”在藏语里就是南的意思，而洛扎最南的地方就是洛卓龙寺所在，到了这里，西藏已没有更南的去处。洛扎是玛尔巴大译师的出生地，他先后三次徒步去到印度，四次去到尼泊尔求法，回来建立了洛卓龙寺，创立整个噶举派，也就是说，那里是西藏噶举派的源头，至今已有近千年的历史。

我们沿着一条湍急的河流驱车前行，穿越了羊卓雍错和普莫雍错，一路雪山，一路深壑，途中经历两个边防哨卡的检查，荷枪实弹的边防军年轻精干、不苟言笑。豆豆说，她的上师尼玛仁波切从1991年就开始重建这座伟大的寺庙。及至2000年，又因建筑原因全部推倒重新开始。现在，几乎完全按照布达拉宫的外墙标准来建造。

洛卓龙寺坐落在那洛桑普山腰，是噶举派本尊“喜金刚”的圣地。夜晚，乌云压住山冈，有雾一般的细雨在山谷间流动。在寺院的客房中休息，显培上师过来和我们交谈。说起寺庙的由来，他念了一首米勒日巴写的道歌：“东边白云缭绕处，洛卓龙寺耸立，雄狮般的岩石擎起，檀香木门之内，阿母涅神石之上，端坐我之尊师玛尔巴。”一时间，满座寂静，唯有寺庙中的一头野生羚羊来回走动，在木楼梯上发出“嗒嗒”的脚步声。

第二天清晨，雨水打湿过的金顶和白塔异常清秀，左边山谷间的河流在旖旎流淌，几千年了。离开洛卓龙寺的路上，我望见车窗外郁郁葱葱的山林，有檀香树和柏树围绕青稞地，那里就是米勒日巴耕作过的田地吗？我愣了一下，仿佛听见青稞地里传来轻声的叹息。

宜昌的彦均见我亲近藏传佛教，送了我一本宗萨蒋扬钦哲仁波切写的《正见》，好看极了！宗萨蒋扬钦哲仁波切曾经编写并执导过两部著名的电影：《高山上的世界杯》和《旅行者与魔术师》。这两部电影我都看过，拍得深切动人。那天我和豆豆谈起这本书，我说，这本书很好，我记得其中讲的一个故事。

有一天，米勒日巴的弟子惹琼巴从印度求法回来。上师米勒日巴来到一处空旷的平地迎接他。忽然一阵狂猛的冰雹从天而降，旷野中无处可躲，米勒日巴瞧见地上不远处有一个牦牛角，马上就躲到里面去了——牛角并没有变大，而米勒日巴也没有变小。在牛角里，米勒日巴吟唱了一首歌，让惹琼巴知道在牛角中空间还大得很……如果这位弟子了悟空性的话。

豆豆听完这个故事，望着桌子上的餐巾盒，沉默了好一会儿。那个餐巾盒是木头的，上面雕刻着忍冬草花纹，漂亮得像朵云。

天堂的隔壁

1

上海航空公司的 A330 客机在太平洋上空的黑暗中平稳地飞行着，它宽大的机翼在一万米的高空中微微颤抖，看上去似乎脆弱如蝉翼，弱不禁风。打开舷窗挡板望出去，外面是无尽的黑夜，什么都看不见，这架飞机像是苍穹间唯一的一架，兀自飞着，像一只急于找到歇息地的巨大的铁鸟，使劲飞着。只有机翼尽端上那盏红灯，不停闪耀，固执而坚定，它引领着飞机向东经 145 度，北纬 15 度，太平洋中部的一座小岛飞去。

从上海到塞班岛，总飞行时间需要四个半小时。我靠在宽大的椅背上，戴上耳机，优雅的音乐顿时冲进脑海，但在陌生又新奇的音乐声中，却有些茫然。那会是一座什么样的岛屿？出发前查阅的当地资料，一样样涌现出来：时空回到了 60 年前，航空母舰、飞机、大炮、机关枪甚至犹如蘑菇般升腾的云朵和军舰在海面上划过的白色浪花……

现在已经没有了战争，枪炮和硝烟已经消散在太平洋的黄昏和黑夜中了。

那么现在还剩下什么?

我扭转头盯着飞机外看，恍惚中，似乎看见一架 B－29 轰炸机和我逆向而行，它倏然一闪，宽大的腹部在空气中滑出缓慢的弧线，朝着日本，朝着广岛或者长崎的方向，慢慢飞去了。

2

初识塞班岛，是因为一部由吴宇森执导拍摄、反映第二次世界大战太平洋战场上最惨烈的塞班岛战役的电影，名字叫《风语者》。

风语者，这个名字取得真好，让人一听就莫名喜欢上了。你想一想，听风说话的人，和风说话的人，用风声说话的人，都是些什么样的人？但可惜的是，这都仅仅是我浪漫的想象。当巨大的炸弹在山冈间爆炸，当子弹带着穿透空气的呼啸声逼近时，人类残存的，恐怕也只有互相撕咬和残杀了。

就算是残阳如丝，凤凰花开满山坡，也阻挡不了这场杀戮。

我不知道真实的风语者在塞班岛的战役中是否存在。但这部电影内心深处体现出的反战意识，却深深震撼过我。影片设计的最终悬念极其巧妙，如果密电员即将被俘，保护者必须杀死他以保证密码不外泄。在那场恐怖的战役中，面对日军的疯狂进攻，经过浴血奋战的乔·恩德斯和本·亚齐即将成为敌人的俘虏。此时，乔·恩德斯面临一个两难选择，他会杀死自己的亲密战友吗?

当正义和杀戮纠缠在一起的时候，谁又能说得清楚？

历史上真实的战役结果是日军在南云中将和斋藤义次中将的指挥下，伤亡 4.1 万余人，两个航母舰队尽毁，失去了塞班岛。而美方则付出了 1.6 万余人的代价。我几乎可以用不夸张的语气来说，那是一座，不，是一群布满了坟茔和鲜血的岛屿。我不曾见过，但我似乎依稀还能感受得到，那些残存在鸡蛋花和凤凰花间的呐喊和呻吟。

真正参加过塞班岛战役的美国海军陆战队一等兵盖伊·加保顿，当年 18 岁，他曾经一个人劝降过 1 000 多名妄图自杀殉国的日本人，被称为“塞班岛上的吹笛手”。1990 年，加保顿出版了自己的回忆录《塞班：自杀之岛》。在书的结尾，加保顿略带自嘲地说道：“我的故事说明：上帝总会保佑那些傻瓜。”

如果吹笛手能带走一个城市的小孩，那么上帝就能带走全部的人类。

只是谁也不知道，上帝什么时候会出现。

3

但如今的塞班岛，依旧美丽。

当我在晨光中睁开眼睛，昨晚入住的悦泰宾馆，依旧是静悄悄的。海风轻轻吹动着阳台上的白窗帘，空气中带有一丝又一丝轻柔的海浪声。阳光也是柔软的，它似乎从来不愿意去打搅晚睡者的瞌睡，只是静静地俯视着太平洋，俯视着太平洋上的几座小岛，俯视着岛屿边缘，海滩边上的宾馆和游人。

此地安宁无事。连鸟雀的飞动，也小心地不出声音。

拉开阳台上的玻璃门，一片巨大的蓝海，充满了我的房间。真奇怪，海当然是蓝色的，但我依旧还是用蓝海来形容我第一眼见到的太平洋。甚至想起了任贤齐的歌声："深深太平洋的深深叹息……"深蓝色的大海，一波波的微浪拍打着白色的沙滩，椰子树和棕榈树在风中摇曳，它们倾斜着自己的身体，靠向大海，像极了一声声的叹息。

但其实塞班岛的大海，还真不是一个颜色。我去的那天，塞班岛的天气，跟我听说过的一样好，蓝天高过天堂，阳光通透，洒遍万里海水。站在号称世界最高峰的塔泊超山顶俯瞰全岛，天宁岛宛若姐妹，军舰岛犹如孩童。在阳光的折射下，海水从近岸及远，分别呈现出淡绿、碧绿、蓝、深蓝甚至蓝中带紫、带黄、带绿，而岛屿的左前方，才是深不可测的墨蓝，那是世界上最深的海沟——1万多米的马里亚纳海沟的标志色。还有什么地方，能比这里更能体会到阳光的魅力、海水的温柔？

清晨的塞班岛，就像一块色彩丰富的调色板，斑斓炫目、如梦似幻，从半人高的灌木丛林到两人高的鸡蛋花树，一直到高入云霄的凤凰花树和棕榈树，整个岛屿在阳光中，苍翠欲滴又平和安详。只有偶然从树丛间看到的屋顶，还在彰显着人的足迹。

但在人之前，圣子已经来到过这里，麦哲伦在他面前，不过是个后来者而已。塔泊超山顶塑有一尊耶稣全身雕像，通体汉白玉，工艺极其精湛。圣子耶稣一袭长袍，面朝大海，双手微开伸向蓝天，这姿势似乎在宣示着什么，又似乎在祈求着什么。海平面在他的面前微微弯曲成球状，风从我不知道的地方吹来，吹过耶稣，吹过塞班，吹向遥远的我不知道的地方。

4

塞班岛最好看的花是鸡蛋花还是凤凰花？我想谁都没有办法得到一个准确的回答。但我个人偏爱满树火红的凤凰花。难道是因为这里曾经有过太多的杀戮和血腥，还是因为蓝天碧海之下，那耀眼的红色更加夺人心魄？

我自己也说不清楚。

但我的确在日军司令部遗址前看到了一排灿烂的凤凰花。那巨大的花枝，一团团拥簇在一起，不分彼此。远远望过去，我甚至以为那整个就是一朵花。树的绿叶在红色的掩映下，悄然褪色，似乎无法与之争斗，甚至连配角都觉得扮演得匆忙。

但树下就是残存的坦克和巨大的榴弹炮架，被炸裂的炮管从花丛中伸出，指向蓝天和大海。在这里，战争的杀伐之气，陡然回到人间。三三两两的游客在斑驳锈蚀的坦克前照相，大约没有多少人会真的关心，这些枪膛中曾经射出的子弹已经射进了谁的胸膛。绿草如毯，峭壁高悬，那些跳崖自尽的人们，估计现在魂魄依旧难以东归。就算有了新建的和平碑，又有什么用呢？对这一点，我历来就是一个悲观主义者，风景美丽如斯，枪炮和玫瑰，到底谁才是人类的归宿？

寻了一个当地的导游开车，从丛林中穿过，带我走当年美军登陆作战的路线。他不是当地人，来自中国福建，称自己来此地已经多年，拿的是劳工护照。他穿着花衬衫，从一条丛林中并不起眼的分叉驱车进入海滩，两旁尽是荆棘灌木，礁石嶙峋，豁然开朗处，他指着一片狭小的海湾说，这里，曾经战死数千个无名战士。

让人唏嘘的不仅仅是战争和死亡，恐怕还有遗忘吧。

5

夜晚来临。

塞班岛的夜晚，是星空和月亮的夜晚。在海滩，开几瓶啤酒，躺在沙滩上，被阳光晒暖的白沙，在夜晚，变成了灰黄色，一点点散发出温和的夏日么么茶的气息。弯曲的海岸线，松软潮湿，映照在星月之下，愈发显得迷离动人。

军舰岛在夜晚的风中自然幻化成了剪影，它依偎在海平面上，不远不近，若即若离的样子。还有一点点的晚霞渲染着天空，晚归的游艇在慢慢靠岸，一切都像是伊甸园中的场景。

但等到夕阳被大海湮没，万星登场之时，我依旧可以望见美军第七舰队的补给船明亮的灯火在外海闪烁。那是一座钢铁的、可以移动的海上城市，在黑黢黢的海面上，随着海浪一起一伏，散发着说不出来的凛然和刚硬。

查莫洛人的鼓声和跺脚声这时才逐渐响起，或许，这才是塞班岛真正的夜晚？但我也难以分辨。火把和花环，长矛和草裙，口琴和吉他，花样翻新的歌舞，让我觉得世界其实很小很小，小到塞班的一条街、一个舞台，小到一粒沙，星沙般。

我是回来后才发现那几颗星沙的。它们躲藏在我凉鞋的夹缝中，被我从万里之外的太平洋带回家了。五角形，六角形，离开了海水的星沙，在灯光下泛着黄色，却依旧带着海洋的温度。有人说，星沙是流星带着人类美好的愿望落入太平洋后变成的，如果对着星沙许愿，一定心想事成。

捏起一颗星沙，想了想，突然觉得不知说什么好。起身把它放进了鱼缸，那颗星沙在水中轻轻打了一个转，带着整个太平洋，瞬间就消失不见了。

古镇约黄昏

黄昏是一天中最让我迷恋的时候。我不知道别人是不是也如此，喜欢在黄昏的时候迎着夕阳慢慢走回家。也可能，黄昏给我的感觉依旧是残留在身体里的一种本能吧，就好像天黑了鸟要回家。太阳落下去以前，以前住在山洞里的人，会不会点起火堆，看着月亮从另一边升起？或许，工业社会给我们带来的不仅仅是快乐和享受，同时也悄悄泯灭着我们对大自然的眷恋和想象。

所以我怀念手工业时代的黄昏，怀念用毛笔写字的黄昏，像罗兰·巴尔特那样，买各种各样的笔，在黄昏的时候写一篇文章，新笔旧笔换来换去地写，那是多么惬意和畅快的事情啊。

但实际上这已经不可能了。

所以我很多时候宁愿以为各地的黄昏都是一样的。但事实情况又并非如此。比如北京的黄昏就和武汉不同，如果你穿行在金鱼胡同，或者草厂胡同里，光听这些名字，你就朝回走了100年。这里夕照低迷，四合院的围墙把辉煌的夕阳分割成一束一束的。当然还有更好的地方，比如，黄昏的时候你去新街口的积水潭医院看一个病人，那里是诚亲王府旧址，一面小湖，红墙绿瓦，绿色葱茏，你几乎可以望见飞檐在暮色中摇晃，弥漫着旧京都的公子哥味儿，无端端让人生出一些忧愁。

这忧愁，恐怕不是旧文人的多情，或许仅仅是某一些人对过于快速的现代化城市发展的本能抵制。当然，也可能是另一种对魏晋飘逸之风、六朝碑版之意的怀念和追寻。

幸运的是，在中国依然有地方可以寻到我喜欢的黄昏。

1

黄昏的时候，湘西所有的小镇，全笼罩在一片暗淡的金黄色中。坐在沱江边的黑子旅店里，看江水慢慢流过来，穿过我，穿过虹桥弯曲的桥洞，有点无所事事的味道。凤凰的黄昏就是这样，不用担心有什么事情发生，几百年来，该发生的早已发生过了。这座古城依旧只是地图上的一个点，和当年一样，与沈从文走以前相比，并没有太多表面上的变化。

当然，也可能有一些变化。只是黄昏依旧来临，黑暗依旧接踵而至，独自坐在靠江的木头窗前，看苗人回家，看黑鸟乱飞。更重要的是，我没什么事做。

没什么事做的时候，我到凤凰去看吊脚楼。

和沈从文当年一样，此刻的我，应该读一本小书的同时又读一本大书，然后从自己的记忆中翻检出一些细节，天黑之前，把它们翻来覆去地说一说。

但可能心境不一样。

比如现在的沱江估计走不了“辰溪船”，想必，更走不了稍大一点的，那种船头尾高举、秀拔而灵便的“麻阳船”了。现在江水太浅，上游修了水坝，只能走一些红顶或者蓝顶的游船，但这些船过于轻佻，像一片叶子，沈从文若见了，一定要说它们显得不那么忠厚。

手边带了本《湘行散记》，浅绿色的封面上是木版雕刻的一幅画。我喜欢这样的封面，朴拙中透着清雅，和他的文字风格一样。在湖南，在凤凰，在黄昏，应该读这样的书，打发你所能打发的时光。当然，读汪曾祺也不错，他是沈从文的入室弟子，文字练达，恬静无为，当年从高邮追到西南联大要上沈先生的课，真乃信人。

我喜欢他们的文字，正如喜欢这凤凰的黄昏一样。它们悠悠而来，袅袅而去，有时候弄出点细微的声响，更多的时候，没有声音。

“某月某日，见一大胖女人从桥上过，心中十分难过。”这寂静中的悲哀，几十年过去了，被我看到，依然如此。也可能是我突然体察到了什么东西吧，但我说不出来。

《边城》最后结尾的时候说：“这个人也许永远不回来了，也许明天回来。”我把这样的结尾，定义为文章结尾的神品之作。和普鲁斯特说过的那句话一样，一个人的怀念与回忆，就好像是一动不动地躺在水底，看着水面上的树叶、瓶子和一些东西漂过去，就这么漂过去。

就这么漂过去了。黄昏的时候，读这样的书，正是时候。

但是，那些和我靠近的人也都漂过去了，这里不再是魏晋，也看不到桃源。风雅的人一天比一天多地蜂拥而至。“县里面是要有财政收入的!”天黑之前，卖姜糖的人都知道这样告诉我。我一个人从废弃的旧水车旁走过，我隔凤凰越来越远，江对岸的红灯笼过早地点了起来，水似乎因此变了颜色。去年的那个疯子依旧对着水面大声喊着，但好像谁也没有听清楚他在喊什么。

就这样慢慢漂过去了，日子仿佛没有弹落的那节烟灰，一切似乎不会从头再来。

2

从西藏朝云南走，要穿过著名的茶马古道。经邦达、芒康、盐井之后，沿着澜沧江，我穿越了大半个横断山脉，翻过八堆丁雪山后，就进入了西南边陲云南。

彩云之南，孔雀飞去。光听这八个字，你就知道这里为什么会被旅行者们赞叹为神奇与幽远的归宿了。而这其中，处于玉龙雪山下的丽江束河古镇，更如一曲纳西民谣，在摇摆的芭蕉树下，被一个老人轻轻吹奏着，天籁般飘落。

从德钦的太子十三峰到丽江，要走一天的行程。滇藏线上，这条兴于唐宋、盛于明清的茶马古道两边，就是被人寻找了半个世纪的梦中秘境，香格里拉。

一路上，我在梅里雪山金顶的余晖中，在松赞林寺低沉的诵经声中，在虎跳峡翻滚的咆哮中穿行，觉得天地之大，哪里是一两句语言所能概括的。雪山、草地、湖泊、村庄无不沉默地看着我，它们从远古而来，经过我，经过我们，还将到未来去。

我在黑夜中抵达丽江，抬头已是满天星辰。但我必须穿过已经现代化了的新城市，我要放弃明亮的路灯、奔驰的出租车和过于高大的楼房，我要去的是丽江的束河镇，去那个被一条小河洞穿的小镇，去那个还有木头房子，还有青石板拱桥和纸灯笼的束河小镇，那里才是我最后的栖息地。

徐霞客游芝山解脱林时，曾经来到束河，他在记述中这样写道："过一枯涧石桥，西瞻中海，柳暗波萦，有大聚落临其上，是为十和院。""十和"就是束河的古称，只是不知道为什么名字变成了现在这样。不过我觉得"束河"这个名字也很好听，有稻草和柳枝的味道，你想想，用稻草和柳枝束起一条清澈的小河，会是多么美妙的想法啊。

但束河其实是用古民居束起来的，纳西语称之为"绍坞"，意为"高峰之下的村寨"。束河古镇依山傍水，民居房舍错落有致，面临田园，背靠阡陌；北瞰玉龙，东南瞻象山、文笔，四时风光变幻。走在小四方街的石板路上，圆润的青石板，并不滑脚。粉墙青瓦，高低有序。去到村头，还可以看见两处泉源，其中一潭水，称为"九鼎龙潭"，又称"龙泉"。潭周绿柳垂地，翠柏指天，泉水清澈，游鱼可数。从潭中溢出的流水蜿蜒于村中道旁，远近汩汩有声，滋润街头巷尾，清冽甘爽，涌流不绝。

我查阅了一下资料，历史上就有著名的“束河八景”，它们是“烟柳平桥、夜市萤火、断碑敲音、西山红叶、鱼水亲人、龙门望月、雪山倒映、石莲夜读”。也不知道这些名字都是谁给起的，一个赛一个地古香古色，落到最后一个“石莲夜读”，近乎绝品了。也可能很久以前的人们都在这样过日子，黄昏的时候，走过青龙桥，随意买一包点心，可能是一块发糕，也可能是半只烧鸡，就算是鸡豆凉粉也行。两钱银子买了，用芭蕉叶子包好，慢慢走回家去，在自家小院里，支一张矮桌，三杯米酒之后，翻出一本旧书围火夜读，看月亮从雪山上升起，听隔壁的人低低吹着葫芦丝。人生如此，大概也算是品出味道来了。

而我也的确就是这样做的。束河的黄昏，过得特别慢，慢得好像黄昏过去之后，就是黎明。我和几个朋友坐在大石桥边的一家酒馆吃饭，喝冰镇在溪水中的啤酒，伸头去看，啤酒装在小竹筐中，用绳子系了，吊在那里。流水宛若没有，飘摇的水草悬空着，轻轻拂过蓝色的啤酒瓶盖。

一切都是慢的。举杯是慢的，眼神是慢的，松果的成熟也是慢的。星星慢慢来了，有人开始举着火把在街道上走，朋友告诉我，今天是纳西人的火把节。她把酒杯放在桌角，手腕上的银饰在风中一响，她说：“连火把也是慢的。”

3

我愿意把安徽黟县的宏村、四川成都的黄龙溪、贵阳的青岩镇像兄弟般地放在一起说。中国的古镇，从精神上来说，大多有类似它们这样的情怀。这情怀不着文字，不露痕迹，却无处不在地弥散在古镇的空气中，甚至，就弥散在午夜后的一声梆子中。

如把这三座小镇比较一下，我最喜欢宏村的建筑、黄龙溪的流水以及青岩镇的石板路。

宏村之美在它的粉墙青瓦、水渠蜿蜒，庭院墙头的青藤石木，似乎几百年来不染尘世，我为此去过多次。这个小小的村落背倚黄山余脉羊栈岭、雷岗山，地势较高，夕阳或者黎明在这里分不清楚。你可以看到山谷间云蒸霞蔚又宁静如夜，云彩漫天翻滚，从你的手边过去，时如泼墨重彩，时如淡抹写意，山水长卷，一分分拉开。这里不是大写意的潇洒，是中国画里细工笔的俏雅，是人约黄昏后，月上柳梢头。错落有致的飞檐，风雨斑驳的瘦高白墙，简约得只能说是大方，只用线条，就能勾勒出几百年的文化，透露出曾经主人的文士风雅。当然，也有商人的骄奢荣华。这种“儒”、“商”合一的建筑，不但成就了独具气象的“徽派”建筑，而且预示了一种超越传统的“新”文化体系的诞生。

前年春节，陪父亲回黄山探亲。初二，大雪初霁，远山清秀可人。表弟说，去宏村看看吧。我没迟疑，驱车就去了。中午，两个人坐在月沼边喝酒。节日里，没有多少游人，寂寥的村庄安静异常。点了两三盘小菜，一壶黄酒，喝着喝着，有一搭没一搭地说着话，天又下起雪来了。

而成都双流县的黄龙之美，另有妙处。此地隔成都40公里，一条黄龙溪依镇而过，两岸千年的古榕树依旧枝繁叶茂，遮天蔽日，而新的翠竹也早已成林。沿溪两排古民居，屋檐低矮，似乎用手就可以触摸得到。镇江寺和古龙寺对街而立，遥相呼应。如果遇见下雨，这里的小商贩会早早收拾起乌黑发亮的门板，围靠在一起摆龙门阵，他们似乎并不关心游客的多少。但更多的时候是斜阳满街，小孩子滚着铁环从街面上跑过，蓝底白字的酒旗在微风中上下摇摆。必须泡一壶绿茶，坐在竹林边看江水流淌，点一盆水煮鱼，或者吃一份石磨豆花，成都的闲散和舒适，在这里五味俱全了。等你熬过了黄昏，黑暗在不知不觉中会瞬间降临，你抬头望见漫天星光，那就是清朝的星光，和古镇上的建筑一样，它们来自清朝。你会想起一句唐诗，“窗含西岭千秋雪，门泊东吴万里船”，传说诗中说的“万里船”从成都出发的第一夜便是宿在黄龙溪。木柱青瓦的楼阁房舍，镂刻精美的栏杆窗棂，无不体现着川中文化的精细和古朴。如此地的黄昏，如此地的月色，如此地的安宁，在中国，也寻不到几处了。

后来我查阅了当地的县志，说黄龙溪自古就是天然码头，从成都来的下水船和从重庆、乐山来的上水船多在此停泊过夜，加上本地运送牧山特产的船只，使黄龙溪河面帆樯如林。王爷坎下是黄龙溪古老的渡口码头，停泊的上水船常有百余艘，摆列二里多长，一直可以排到皇坟村，下水船也常有近百艘，排列一里多长，一直排到鸡市坝。

可惜的是，如今黄龙溪府河江面的船只大抵是游船，传说中的南河船以及两头削尖的千千船早已经不见了踪影。扎成一小捆的牧山地瓜在石板路旁还有卖的，当年，它们会在中秋节前运往乐山、宜宾等地，供八月十五祭月亮用。

晚上坐在江边的小楼上喝酒，窗户推开，就是静静的流水。老板无事，就靠在一旁跟我聊天，他说："七上八下九归沱。"意思是每年从小寒、大寒节气到次年七月，下游的鱼儿成群结队溯江而上到此产卵，所以黄龙溪渔产甚丰。"河水煮活鱼是我的拿手菜"，喝了口茶他又说："不过要在船上吃才巴适。"

灯笼黯淡，流云飘散，他的嗓音暗哑，被晚风一吹，幽幽的仿佛丢了什么东西似的。

当然，贵阳青岩镇，却是可以与之一比的去处。秀美的黔灵山林本就是一绝，却少有人鲁莽造访。如果不是姜文的一部《寻枪》，恐怕这里依旧安静地躲在花溪的流水声中怡然自得。

有一年我走到贵州，无意中探访了这里，顿时就被那些厚厚的青石板、古驿道的方砖深深吸引。村子里九寺、八庙、五阁、三洞，其建筑格局气势雄伟、雕梁画栋之工艺精妙绝伦，令人叹为观止。但我最喜欢"定广门"，它是古村落的一座城门，虽然残破，现在却依旧挺立，当年电影里卖汤圆的摊位就摆在这里。从某条无名的小径转过去，两边是灰白色的片麻岩筑成的院墙，弯曲而宁静，行走在其间，你似乎听得见从很久以前传来的叹息。再往外又是一条蜿蜒的石板路，路上当然没有车，只有回家的耕牛在农妇的指引下缓缓走着，湿漉漉地走着。站在门下，两旁是青幽连绵的水稻田，天高云淡的贵阳，南飞的大雁在夕阳下从山顶飞过，那时候我的额头一片辉煌。

我喜欢这样的小地方，不张扬，不夸张，淳朴得一如旧社会。或者说，它们之所以不着气魄却尽得风流的原因，正是因为它们本来就是这样。有一天，我在北京机场等飞机，忽然听见机场咖啡厅在放一首很老的歌，名字叫《加州旅馆》。悠扬的吉他声轻轻传来，那个男人音色黯淡，在空气中缠绵，听起来让人心酸。我走进去要了一杯啤酒，咖啡厅里很冷清，只两三人寂寥地坐着，他们隔得很远，和我一样，背靠着沙发，听琴声迟暮，似乎看见黄昏中的一片乌云，伤心地悬挂在天边，我喜欢的女人在乌云下轻快地走动，这让我异常想念那些偏居一隅的孤单小镇。

河谷的上下犹如师徒

有段时间，我特别喜欢看地图。每每进到书店，必定先去卖地图的专柜前盘桓一阵，抽出各种花样翻新的地图册对比着看。那些印刷在地图上的山川与河流，静静地躺在纸上，跟随我手指的翻动，发出轻微的声响。有时候遇见心仪的好地图版本，一定会掏钱购回，晚上闲暇无事，从书堆中寻它出来，随便翻开一页，如看明清小说，竟可以读进去。当然，看地图时，最好开日光灯。光线也不要太强了，否则你不好分辨各区域之间细微的色彩差别。但似乎点蜡烛和煤油灯看也不好，漂亮的地图大多像一幅纸本水彩，过于昏黄的灯火，虽说少了尘嚣声，但让现代地图的工匠气暴露无遗，读起来很不爽。

我看过最好的地图，是画在西藏山南桑耶寺乌策大殿外回廊甬道中的一幅彩绘。那天，我赶在早课前去桑耶寺拍摄，正彷徨时，遇见一个人。他穿着灰色半长短衫，带咖啡色墨镜，见我反复观察那些佛雕与建筑，拍拍我的手说，你跟我来。他把我带进大殿外的回廊里，那儿没有酥油灯，黑暗得像个洞穴。黑暗中他掏出手机，摁亮了，是一个回不来西藏的老人正在朝我微笑。他问了我一句，你认识他吗？我哽噎着，话却说不出口。那一瞬间，整个回廊光灿灿的，我恍惚中看见墙壁上一幅幅精美绝伦的彩绘地图，里面的人物仿佛都活了起来，慢慢在移动。

后来。后来我看见他独自在绿塔边徘徊，被风吹着，寂寥得像个孤儿。

但其实从严格的地图学角度来说，那还仅仅是一幅物象地图，具体画的是什么，我已经记不清楚了。但我记得那幅地图里，有故事、有人物、有空间、有时间，有人骑着白马飞奔，有人在千里之外渡河，山河流转，全被虚化成了背景，它就像是一个立体的沙盘被悬挂在黑暗的空气中，钩沉发微，压迫着我的神经，让我无法言语。

河谷的上下犹如师徒，好的地图应该在纸面上表达出这层意思。地图的意义并非只在于为你指南朝北，更多的价值，恐怕在于对人类的文化做出有建设性的推动工作。从这个角度来说，任何具有经典传统的文化，都必须意识到传统和现代之间，就如同一条大河上下，有着割舍不开的师徒关系。但也正如我在《西藏组诗》中曾经写到的那样："大拐弯之后的江水，就是另一条江水。"每一条河流在大拐弯后，我们都会发现它既传承着上游，却又有着源于自身的新的源头。这种带有创造性转换的思维，才是一个健康的、强壮的社会、文化、艺术的基本思路。

我儿子最近也特别喜欢看地图。昨天晚上，他趴在地板上翻看一本最新版的《中国城乡公路网》。突然他嘴里呜呜地发出声音，我回头一看，他正用手指比作飞机，在半空中慢慢画了一个圈，呜的一声，落到了地图中的飞机场上。

曼陀罗花

我对曼陀罗花的记忆，来自很早以前读过的《本草纲目》。大概的时间我已经很模糊了，我想可能是 8 岁左右，也就是 70 年代的末尾吧。那时候没有什么书读，家中能够翻到，且有兴趣又被允许看的书只有三本，一本是《欧阳海之歌》，一本是《赤脚医生手册》，还有一本就是李时珍写的《本草纲目》。其中后两本书，是我励志要当医生才得以换来的成果。从某种意义上来说，我对文学、人生的概念，基本发端于这几本书。现在回忆起来，我对《本草纲目》的记忆尤其深刻，到并不一定是因为李时珍的语言清新或者书中的插图细腻。真正令人着迷的，是他所描述的每一味花草和病状，那些处于我的现实生活之外的东西，似乎随时都会引出无数的动人故事，而这些故事引发的幻想，让当年还没成年的我深深迷恋。

我后来终于没有当上医生，甚至连护士都没有认识几个。但几十年过去了，《本草纲目》这本书却一直陪伴着我。

其实我已经忘记了他在书中是如何描绘曼陀罗花了。

今天我查阅了一下资料，李时珍在书中对曼陀罗花是这样记载的："《法华经》言，佛说法时，天雨曼陀罗花。又道家北斗有陀罗星使者，手执此花，故后人因以名花。曼陀罗，梵言杂色也。茄乃因叶形尔。姚伯声《花品》呼为恶客。"又说："曼陀罗生北土，人家亦栽之。春生夏长，独茎直上，高四五尺。生不旁引，绿茎碧叶，叶如茄叶。八月开白花，凡六瓣，状如牵牛花而大。……八月采花，九月采实。"又说："相传此花，笑采酿酒饮，令人笑；舞采酿酒饮，令人舞。予尝试之，饮须半酣，更令一人或笑或舞引之，乃验也。八月采此花，七月采火麻子花，阴干，等分为末，热酒调服三钱，少顷昏昏如醉，割疮灸火，宜先服此，则不觉苦也。"现在回首读来，其中"笑采酿酒饮，令人笑；舞采酿酒饮，令人舞"，依然是何等蛊惑人心的描述。

1976 年的夏天，父亲和母亲经常不在家。他们把我反锁在房间里不让我出去，而我只能整天搬着一把椅子坐在阳台上，望着郁郁葱葱的珞珈山，翻看着所有能从家里翻到的书籍，细细思量"三钱"是多重，"热酒"是何物。有时候看累了，我就找出几张废纸，剪开了做成螺旋桨的样子，然后在五楼上松开手，目送着它在午后的阳光下，从栏杆外旋转落下，无声无息。

那一年的夏天十分漫长，槐树开花很早，香气扑鼻，整条街上挂满了英明领袖华国锋的头像。

但我一直也没有亲眼看过真实的曼陀罗花。等到我升入初中，我曾经在珞珈山上漫山走过，在车前草、金银花和马齿苋的簇拥下寻找这种花。二十多年前的珞珈山，灌木丛生，植被丰富，许多孩子们都乐于在放学之后上山去搜罗一些高年级同学传授的可以入食的野果花草来吃。我也是其中之一。传说曼陀罗花是神奇的蒙汗药的基本原料，他们说人吃了蒙汗药，暂时就会麻醉，失去知觉，江湖上又叫它迷药。我不知这个东西与三国时候华佗所用的麻沸散、《三侠五义》中的五鼓反魂香或者《水浒》中黄泥岗的麻药是不是同样一个东西。

大一点读了小说《聊斋志异》，其中一篇《老龙船户》中也说："盖此等贼以舟渡为名，赚客登舟，或投蒙药，或烧闷香，致客沉迷不醒。"戏文里《连环套》窦尔敦唱："忙将这，引魂香，与他们一一点上。"先用闷香，盗了御马，后来自己却被朱光祖用蒙汗药麻倒，及至"只吃得，醉醺醺，心中烦躁"，这虎头双钩已为他人盗去，正是强盗碰着贼爷爷。

但我终究是没有寻找到曼陀罗花。许多个黄昏，我一个人背着书包，坐在珞珈山顶那座钢结构的铁塔下，身后是微波荡漾的东湖，前面是夕照迷离的城市，我似乎还可以看见一列火车，缓缓地，从城市中央开过。

曼陀罗在我的心中，越来越神秘，以至于我后来把所有幻想世界的花草，全部统称为曼陀罗花。它在我想象中的颜色也越来越奇怪，有时候是红色的，妖艳动人；有时候又是灰色的，冰冷摄魂。它的周围围绕着罂粟花、蓝色妖姬等凄美而诡异的花朵，而它更像个君王，隐藏在文字和典籍之中，隐藏在断头台下，无法看见。

其实对曼陀罗记载最多的，还是诸多的佛教典籍。曼陀罗又称满达、曼扎、曼达，梵文是mandala，意译为坛场，以轮围具足或“聚集”为本意，指一切圣贤、一切功德的聚集之处。比如阿育王经七曰：“漫陀罗，翻圆华。”法华光宅疏一曰：“曼陀罗华者，译为小白团华。摩诃曼陀罗华者，译为大白团华。”法华玄赞二曰：“曼陀罗华者，此云适意，见者心悦故。”慧苑音义上曰：“曼陀罗华，此云悦意华，又曰杂色华，亦云柔软华，亦云天妙华。”

一种说法是，释迦牟尼成佛之时，大地震动，诸天神齐赞，地狱饿鬼畜生三道的许多苦厄，一时体息，天鼓齐鸣，发出妙音，天雨曼陀罗花、曼殊沙花、金花、银花、琉璃花、宝花、七宝莲花等。至此，释迦牟尼已成就菩提道果，遂开始教收徒，传授他所证悟的宇宙真谛。

但我更喜欢听他们说，在西方极乐世界的佛国，空中时常发出天乐，地上都是黄金装饰的。有一种极芬芳美丽的花称为曼陀罗花，不论昼夜没有间断地从天上落下，满地缤纷。

一花一世界，一叶一如来。

这十年我去了很多次西藏，日夜穿行在雪山和峡谷中。俯首仰望，从拉萨到阿里，从山南到萨迦，万物都是本来的面目，唯独我记忆中的曼陀罗，却依然没有出现。

今年春天，我陪几个友人去东湖磨山植物园游览。那里是东湖中的一个好去处，三面环水，一面靠山，钟灵毓秀。负责接待我们的小阿，年纪不大，却是一个老旅行了，十八岁就曾独进西藏，反复数次，走遍了雪域高原。当我们走在竹林深处的一处花圃时，他不经意地指着花圃中一片黑色和粉红交杂的花儿对我说："你看，这个就是传说中的曼陀罗花！"

我愣了一下，竟然说不出话来。

那一刻云淡风轻，似乎真的有什么东西从天上落下，满地缤纷。

拉姆拉错的眼泪

1

齐豫有一首歌这么唱：“他们说，高山上的湖水，是躺在地球表面上的一颗眼泪；那么说，我枕畔的眼泪，就是挂在你心尖的一面湖水……”曲调婉转，苍凉，充满忧伤。齐豫的声音高亢又单薄，在清晨的山谷中，在去往拉姆拉错的路上，仿佛一段寂寞的天籁，从很久以前传来。

从很久以前传来的还有山谷中的寂静，以及那些在晨曦中微微泛红的云朵。它们在狭长弯曲的山谷中已经存在了很多年，而且还将继续存在很多年。

沿着神湖路，有一条冰封住的小河伴随着我。两旁高大的山冈从半空中俯视西藏。没有车，没有人，只有一两只突然从什么地方闪现出来的鸟，跟着汽车卷起的尘土，朝前飞去。从车窗望出去，可以感觉到如果是夏天，这里一定鲜花满山，温凉如亭。我想一定是这样，一条清澈的河水从琼果杰寺旁流过，冲破了冰封，在绿荫的掩护下，融入雅鲁藏布江。

琼果杰在汉语中的意思是三条河四座山的交汇之地，传说这三条河发源于四周的四座神山，而这四座山都是藏传佛教的女护法神班丹拉姆的头发所化。班丹拉姆 (梵文 Sri—Devi) 的汉语意思是吉祥天母，她是过去佛（燃灯佛）和现在佛（释迦牟尼）的护法神，也是整个藏区特别是拉萨的护法神，同时还是达赖喇嘛和格鲁派的护法神。这也许是正处在教派剧烈斗争中的二世达赖喇嘛根敦嘉措寻访出这个高山小湖并且创建寺庙的重要原因。

而更为奇异的是，拉姆拉错的形状恰恰就像一块颅骨的形状，藏人因此称这湖是吉祥天母头颅所化，并且认为她是天母灵魂所凭依之所，所以很多时候藏人也叫她“卓玛湖”。

但我还是觉得拉姆拉错这个名字更好听，四个字，单纯得像一朵花，也像一片云，无依无靠。她就在你的前面，也可能在你的后面，你无法分辨清楚方向，当我们停下车，仰望蓝天或者回望来路的瞬间，那些来自前世今生或者来世的声音，会安静下来。

唯一没有安静的，是我胸膛中隐约的心跳。

2

当地的藏人认为琼果杰地呈八瓣莲花形，天现如意法轮之像，是一块福田妙地。我想这话没有一点夸张，因为从清晨开始，我似乎就在顺着某一片花瓣的纹路在山谷中前行。远远地不断可以看见山路尽头那些重叠起伏的山峦，但等车开到自以为的路之尽头时，一转弯，又是另一条绵延的小路引导我望向山的更深处。

每一个路口，都有灿烂的经幡在晨风中飘扬，你不仔细听，听不到它们在风中的吟唱。据说此处的草原曾盛开 13 种吉祥花朵，我没有见过，但闭上眼，我可以想象得到，一层又一层的花朵覆盖山坡，在阳光下，一定是在阳光下，它们闪烁着丝绸般的光彩。有时候，也有乌鸦停息在花朵中的玛尼堆旁，你过来，你走，似乎跟它们没有任何关系。

可惜的是，那座修建在万花丛中的琼果杰寺如今只剩两间破败的小殿和残存的墙壁。没有人告诉我这里是如何衰败的，这真是一件悲哀的事情。我独自徘徊在残垣断壁之间，想起远在后藏被摧毁在文化大革命中的萨迦北寺，它们拥有同样辉煌壮丽的宫殿，却同样被一股无情的力量在一夜之间粉碎，让人心痛。

站在寺院的大门外，我用手轻轻抚摸那些在风雨中依然残存挺立的土墙，似乎在触摸着一卷卷的经书，那里有一些声音，绵绵不绝，倔强的仿佛一股静电，又似一滴眼泪，在我离开它的时候，从我的指间传遍我的全身。

二世达赖喇嘛根敦嘉措在 1509 年修建了琼果杰寺，并赋予了拉姆拉错特别的宗教意义。他 67 岁圆寂后的银质灵塔建于哲蚌寺，据说他的法体几经搬移，却始终面向拉姆拉错方向。曾有人问他圣湖究竟有多远，他总是回答说拉姆拉错一直在他的心里。

其实何止是拉姆拉错在他的心里，整个西藏都在他的心里。荒废的琼果杰寺见证了一切，它不说话，沉默就是它的回答。

3

据说十三世达赖圆寂时面向东方，且拉萨至东北方向天空出现异样彩云，预示了转世灵童诞生的方域。后来五世热振活佛绕湖三周，在拉姆拉错观看神谕。湖中幻影显示的景象是：一条道路的将尽处有一户人家，其门前有巨柳一株，柳树旁有一匹白马，一位妇女抱着小孩立于树下。

但人世间的事情总不能如你所愿。

当车开到海拔 5 000 米的时候，一条宽达 15 米冰封的水流挡住了进山的唯一通道。我远远望见一道巨大的山梁在 10 公里外，司机小陆说，站在那里，你才可以俯瞰到神奇的拉姆拉错，但我的车开不过去了。我不甘心，下车爬上山冈，从山腰处穿越冰河，徒步朝着拉姆拉错方向走去。

天蓝得比蓝还要蓝，四周的山冈在蓝天下遥不可及。

我终于没有走到那里。两个小时后，当我落寞地从山道独自回来时，看见吉普车依靠在山崖边，像个顿号，欲言又止。

回望挡住我的那座山梁，依稀可以看见缺口处闪动的经幡。我是如此的靠近拉姆拉错，却在最接近她的时候，颓然无力。难道生命中真的有些许的暗示吗？还是因为缘分不能抵达的什么东西干扰了我？

我不知道。

我不奢望圣灵闪现能够窥视前生未来，只希望我能靠近她一些，再靠近她一些，如果她是一面镜子，一定可以把我照得清楚一些。

我在路边的玛尼堆上放下一块石头，希望这山谷中的风，能够吹拂那块石头，接着吹拂我，再从她的身边吹过，不管是清晨还是黄昏。

4

布达拉宫中有一幅班丹拉姆的唐卡，其像威严，庄重，充满力量。画中班丹拉姆一身黑色，身体倚靠在骷髅之上，一面四手两脚。上方的右手持大斧，下方的右手作弯曲状，手中持巨大的红色头盖骨碗；上方的左手挥舞一种叫作法伴（Shagti）的兵器；下方的左手挥舞垂有丝带的三叉戟，口中含有一具人尸，龇牙生怒。

班丹拉姆生有三只眼，头发是黄红色，发辫垂向左侧。身体用蛇和人头骨串成的花环装饰，异常绚丽。左耳戴着带铃链的蛇，右耳用铃链串起狮子，头戴用鲜花和黑丝做成的王冠。其中身体的上半部用橡皮包裹，用公牛皮作围裙，又把龙王牵来环绕在腰间作为腰带，脚上饰有铁制作的响脚镯。

后来我在大昭寺中也见到她的佛像，她的眼睛在黯淡的酥油灯下，似乎要流出眼泪。

离开拉姆拉错的时候，太阳已经偏西。前方的路途依旧遥迢，我不敢回头，两旁山冈威严如父亲，他们慈祥地望着我落荒而去，一点都不惊奇。我靠在车窗上，望见废弃的寺庙，低矮的村庄，想起六世达赖喇嘛曾经写过的一首诗：

自惭多情污梵行，
入山又恐误倾城。
世间哪得双全法，
不负如来不负卿？

一定有些什么事情是我所不了解的。尘世如烟云，裹挟而去的东西都是不重要的。这个世界上重要的东西已经越来越少，窗户比门要多，窗户里的姑娘，骨头比肉还要软，她在春天遥望拉姆拉错，一滴眼泪从她的眼角落下，还没有落地就消散成烟。

塔拉岗波

进加查县城的时候，天已经黑了。其实天也不是黑了，是即将天黑的样子。从林芝到加查，走了整整一天，顺着雅鲁藏布走，沿着中印边境走，在森林、草地、悬崖、沙地边缘走。雅鲁藏布一直在我的右边，清澈、寂静，似乎从来没有人来过这里。

过米林时我从窗户朝外望，南迦巴瓦的方向有厚厚的云层，什么也看不见。但我知道那座美丽的雪山就在那里，这种感觉很奇怪，仿佛在黑暗中摸索一个东西，但我明明是在白天。

河对岸一直有条路，隐隐约约跟随着我们走。那条路应该是通向位于雅鲁藏布江边海拔 5 088 米高的塔拉岗波神山，那座山的山腰处，海拔 4 200 米左右的地方，有一座始建于 1121 年，距今已有八百多年历史的神秘寺庙塔拉岗波寺。塔拉岗波寺，系塔布嘎举派的祖师米拉日巴（1040—1123）的大弟子塔布拉杰·索南仁钦创建。

我的车顺着江水转了无数的弯，一边是山岩，一边是百米下的碧绿江水。黄昏时，当阳光慢慢变化颜色时，我终于远远望见一座莲花般的高山盛开在对岸。它又似一面冲入云霄的墙壁耸立在江边，无依无靠，却似乎在断绝你的去路。如果你不仔细看，你不会发现那些隐藏在绝壁之上的经幡和垭口之间灰白色的庙宇。但即使你发现了，就像我，走在雅鲁藏布的这一边，你也无法过去亲近它。

藏人文化网在介绍岗波巴·塔布拉杰大师的时候，开篇这样写道："在往昔过去时，他生为菩萨，名花月美妙，就是在我等的本师能仁王尊前求《三摩地王经》者菩萨月光童子。"月光童子，多么美好的称呼，就如我在梦中见到听到的那样，我一个人走在山顶，好像已经走了很远的路，走到一座莲花山时，我突然发现天空中有一个巨大的月亮，它挂在世界的东南角上，温暖又无辜。四周都是黑的，月光却把周围照得微微发亮。我非常疲倦，想找个空地方坐下来休息，但地上都是细小的花，把我围在中间，我一动也不能动。

那个梦一定是塔布拉杰用来点化我的，但我一直找不到根据。后来想，如果我能坐下来休息，一定会坐很多年，直到让你们都忘记了，以为我已经死了，我再一个人偷偷回去。

还有一段文字说大师圆寂之时，"天空霞光遍满，华盖、宝幢和飞幡等众相显现，花雨，缤纷，虚空响起震耳的乐声，百鸟齐鸣，大地震动"。到如今，几百年后的我站在江边遥望神山圣寺，天蓝得让人伤心，风轻轻吹来，三尺之上，乌鸦飞过，神灵无声。

可惜的是，尽管作为白教祖寺的塔拉岗波寺在藏传佛教产生过广泛深远的影响，但在1710年准噶尔派兵侵入西藏时，塔拉岗波寺却被烧毁，后虽又重修，但终于渐趋颓败，及至“文革”期间几乎毁灭殆尽。我现在遥望的一群建筑，已经只是80年代后期逐渐修复的部分殿堂了。

回来后一直怀疑东侧山腰上的灰白建筑就是塔拉岗波寺的古天葬台。可等我闲暇时检查相机，竟然没有留下一张拉近拍摄的片子，莫名其妙，这难道和那个梦有关系吗？幸亏临走时在车窗口用卡片机扫了两张，但看上去，我已经永远无法回到当时的光影心情之中了。

那时在做什么呢？好像失去了一段记忆。

但我记得那天夜宿加查，神湖宾馆。无水，无电，大风吹过屋顶。后半夜从梦中惊醒，鼻血流了一枕头，起来去厕所，用塑料桶中的冷水敷额头。烛光黯淡摇摆，像在水中挣扎。

凌晨四点，在镜子里望见自己苍白的脸，仿佛两个文艺青年，相对无言。

夜幕下的哈尔滨

在我的印象里，恐怕没有一个城市能够像哈尔滨这样跟夜色紧紧地联系在一起，这真是让人奇怪的一件事情。夜幕和哈尔滨在我脑海中的出现，要追溯到 20 世纪 80 年代一部描写抗日地下斗争的小说《夜幕下的哈尔滨》，那部小说是由王刚播讲的。当时的中国，收音机的普及和使用率绝非青年“小强”们能够想象的。小小的半导体，“春蕾”、“飞乐”或者“红灯”牌的，外壳是三夹板，里面全是一堆二极管、三极管、电容、电阻一类的东西，但是它，可以让你了解那个时代正在发生的事情，就算这事情是扭曲和变形了的。每到中午，小说开始广播的时候，万人空巷。而小说中描写的人物个性鲜明、故事情节曲折，也深深地打动了当时的我。以后我就一直在想，哈尔滨，到底是个什么样的地方呢？它远在东北，是否终年积雪，难道是因为雪的洁白，才让夜幕如此深沉吗？抑或是因为垂垂夜幕，阴霾天空的革命气息感染了我，让我多年之后依旧不能摆脱吗？

当我真的在夜幕中站在哈尔滨的时候，依旧没有想清楚这个问题。

不过人生中有许多东西本来就是想不清楚的。换句话说，想了也是白想，不如不想，不如想到此地就停止去想。因为哈尔滨已经在你的眼前，你只需要去看、去体验、去领悟就足够了。

所以你一定要在夜晚到来之前，先站在圣索菲亚大教堂的广场上去体会一下哈尔滨的黄昏。那是一座富丽堂皇的、拜占庭式建筑风格的异国建筑，始建于1907年，是沙俄东西伯利亚第四步兵师修建的随军教堂。夕照迷离、暮色沉沉中，这座耸立在广场中央的教堂像个城堡，散发着神秘又暧昧的气息。繁复的拱门雕花、贴画长窗我们姑且不说，只远远望见那上冠巨大饱满的洋葱头穹顶，金色的十字架与红砖绿瓦相辉映，统率着四翼大小不同的帐蓬顶在光线中闪烁着绿琉璃的光芒，这已经让我沉醉不想动弹了。清水红砖整齐得像一堆积木，忽而弯曲柔软，忽而棱角分明，庄严肃穆中又并不凌厉威严，反倒让人心生一丝丝的温柔。

而教堂内部的装饰，更让人在这温柔之中又多一些宗教的念想。教堂里除了各种华丽精致的雕刻之外，当然少不了用有色大理石镶成的马赛克拼图。这是历来西方教堂建筑装饰的主要手法之一。从公元4～6世纪开始，教会逐渐对教义与救赎的观念有渐深的认知，同时希腊罗马文化圈重视肖像与肉体美的传统也逐渐对基督教产生影响，信徒除了透过传统的谕言故事与象征手法来理解教义，也逐渐产生将圣母、圣子、圣徒等人物画像化的需求。跟我在西藏参观藏传佛教的寺庙一样，对壁画的辨认和解读，是必须要做的一件事情。但遗憾的是，我仅仅认出了圣母玛利亚和耶和华。

广场上有鸽子在飞，停在正门顶部的钟楼上，他们说那里有 7 座铜铸制的乐钟恰好是七个音符，由训练有素的敲钟人手脚并用，敲打出抑扬顿挫的钟声。

可惜我并没有听见。

鸽子飞起来，又转瞬间在另一个地方落下，像一片云。我坐在广场边的长条椅子上等一个朋友来，暮色渐渐厚重，光线似乎被教堂吸收了，世界开始变得黑暗。为此，我写下了一首诗。

夜幕下的哈尔滨

河上没有船
黑压压
空着
政治是一件事
爱是另一件
谈论墓志铭的长短
似无必要
回家时大雪正好
你省略了晚安
像慢镜头

像在美好的俄罗斯

而不是在旧苏联

但世界其实并没有黑暗。入夜后的中央大街，灯火次第亮起，摇晃的灯光，似乎是从多年以前照射过来。方块花岗石铺砌的路面，软软的，街道两旁的门面贴金镶银，张灯结彩，雕塑成群，进去和出来，满是旧俄罗斯的时髦味。漂亮的东北女孩拿着电话在路上走，高跟鞋踩在石板路上，像踩在旧日子上，让人伤感又怀旧，这似乎才是真正意义上的夜幕下的哈尔滨。欧式建筑倒是其次，啤酒是不能不喝的。每一条和中央大街交汇的小街，都一溜排摆满了方条长桌，喝啤酒，论古今，恐怕只有这里，才能让人提得起兴趣。但我不知道莫斯科是什么样子，想必一定也和这里差不多吧。当然，这仅仅是我的猜想，猜想有时候很可爱，像水果，光是想想，嘴就已经甜了。

传说中央大街是 1924 年 5 月由俄国工程师科姆特拉肖克设计、监工而成。铺路用的方块石为花岗岩雕铸，长 18 厘米、宽 10 厘米，其形状大小如俄式的小面包，一块一块，精精巧巧，密密实实，光光亮亮。路铺得这样艺术，在中外建筑史上都是少见的。一块小小的方石，当时就值 1 美元，真可谓是黄金铺成的路。马蹄敲击在熠熠发光的、原始的方石路面上，发出“嗒嗒”的声响，震得两侧的欧式建筑发出嗡嗡的回音。斗子车里通常坐的是洋人夫妇……光是想想，我就已经回到了当年。

现在临街的建筑，均为百年前的外国商店、饭店、旅店、酒吧、舞厅等，其中道里秋林分公司、马迭尔旅馆在当年整个远东地区也是颇有名气的。在这条哈尔滨最时髦的街上，俄国的毛皮、法国的香水、美国的洋油、瑞士的钟表以及干鲜果品均由各国的商人运送到这里出售，不亚于一个国际商品博览会。大街两侧建筑则穹窿突起、拱券高窗，或高雅古典，或挺拔秀丽，有常见的起源于十五六世纪的文艺复兴式建筑，如原为协和银行的妇儿商店；17 世纪初的巴洛克式，如建于 1909 年原为松浦洋行的教育书店，它是哈尔滨最大的巴洛克建筑代表作品；18 世纪的折中主义，以及 19 世纪末 20 世纪初的新艺术运动等建筑。有人说，整条街的建筑囊括了西方建筑史上最有影响的四大建筑流派。西方建筑史上几百年形成的建筑风格样式，在中央大街只用了二三十年的时间就体现得淋漓尽致，五步一典，十步一观，让人目不暇接。至今还有欧洲人将这条大街同伦敦的摄政王大街、巴黎的香榭丽舍大街、柏林的菩提大街相提并论。

但是时光流转，我终究是回不了从前，连收听《夜幕下的哈尔滨》的年代，我都回不去了。现在这里到处都是阿玛尼、登喜路、路易·威登、劳力士，我喜欢的周末舞会已经在夜幕中成了传说，那些伏特加、大列巴、啤酒香肠，仅仅是我愿意或者不愿意怀旧的时候松花江那边轻轻吹来的一阵风而已。岁月在这里留下了许多，也带走了许多，这真是一件让人遗憾的事情。

但你没有办法。

没有办法的时候，只能接受。虽然，我依旧那么喜欢夜幕下的哈尔滨，就算它仅仅是一个名字，或者仅仅是我一次小布尔乔亚式的回忆。

最后说一句，中央大街上有家老西餐厅的牛排真好吃，可惜我忘记了它的名字。

亦无无明尽

一定有些什么东西是我永远不能了解的。比如一只鸟，无端端从湖面飞过。已经很多次了。

我们在深夜抵达玛旁雍错，周围是黑压压的一片，像我所能想象到的黑夜一样，除了风声以及天空中灿烂的星星，黑夜在这里，就是黑夜本身。这是我又一次感受到黑夜的力量，它把阳光下所有的色彩全部压缩在了一起，凝重，一点流动的痕迹都没有。

上一次见到这黑夜是在什么时候呢？是在珠峰还是在翻越雀儿山中的某一段，我已经忘记了。我毫不掩饰自己对美好事物的迷恋，就如同在这黑暗之中，我睁大眼睛所看到的，依旧是黑暗。黑暗带来的东西，始终让我难以靠近，所有的光芒都指向内部，像个洞，拽着你了，就坠落而下。这是和白天不一样的西藏，它更加庄严、肃穆、冷静和克制，所有伟大的事物在此刻都收敛起了张狂。如果说白天的西藏是一本哲学书，那么夜晚的西藏则更像是一首诗，在你们把所有的话都说出来之后，真正的西藏在这时候才慢慢显身而出。

玛旁雍错在这时候寂静无声，你看不到它，但是绝对可以感受到它的存在，空气中弥漫着一种神秘的气息。有人在后座上睡觉，有人还在山谷中穿行，更多的人，已经在温暖的床上酣然入睡。藏人甲措是不喜欢睡觉的那个，他告诉我，你所看到的一切都是假的。他说的时候手指着黑暗中的湖水画了一个圈。那是很大的一个圈，包括了时间。这让我想起有一天从帕崩岗的天葬台下来，甲措远远地站在外面，为我们点了三支香烟，口中喃喃念着一串经文，用香烟绕着我的身体，上下转了几圈，他说这样会驱散亡灵，就有一群乌鸦，黑压压飞上了山顶。

我想，他是对的。在每一个山顶，我都会遭遇到黑暗和光明，真的和假的，而诸法空相，是空性，是不生不灭、不垢不净、不增不减。那么白天和黑夜，又有什么区别呢？站在玛旁雍错边的小村庄里，我仰望星空，觉得它们越来越低，直压到头顶。器世间的业报不过尔尔，比不得一颗星星，有着微弱的光。

但我不是一个宿命论者。第二天清晨，阳光依旧照耀着那木纳尼，雪峰上一缕白云飘荡，金色的光线如同荒草瞬间就撒满了它。我远远地望着它从黑暗中逐渐挺身而出，就像它逐渐沉入黑暗中一样。它似乎已经出离了轮回，安然自若地迎接一切未来。

而玛旁雍错此刻依旧沉静在昨晚的梦中。玛法木错，伟大的“无能胜湖”，对于任何人的到来，都不感到惊讶。当我站在一片高岗上，我觉得它比我站立的地方要高，还要高。我只能仰望着它，不敢有丝毫的谵妄之心。对于我这样一个沉浸在文明的逻辑和保护之中的人，似乎已经不会对大自然有敬畏之心了，这真是一件可悲的事情。在即乌寺的门口，我们右望圣湖，左望鬼湖，前望冈仁波齐，背靠那木纳尼，世界在这里还原出它本来的面目，和平，自由，断尽无明。

风有点凉，那弯曲松弛的湖岸，从远方一直延伸到眼前，湖水波动着，我仔细听，似乎有一阵阵的波涛在涌动，但我的肉眼无法分辨这涌动。有人在我的身后泪流满面，蔚蓝而清澈的湖水，也像眼泪，漫过我的头顶，我的双肩，我的世界。

有一幢矮房子的烟囱里，袅袅飘出炊烟。阳光洒过来，温柔地照在屋顶之上，我们并排站着，望着那炊烟在晨风中慢慢消散，成为蓝天，成为一片辉煌。但我其实要说的不是这个，你看，有一只鸟，忽然从玛尼堆旁飞起，它扇动着翅膀，带着一阵风，无端端朝湖面飞了过去。

雪山狮子老仲巴

1

肯定有些地方，是你去了以后就再也忘不了的；肯定有些地方，就算你离开了它，你也已经永远无法离开它了。

对我来说，这个地方叫老仲巴。

我无法一下子就用语言表达清楚这地方的简单、美妙和神奇。就像现在，我一个人安静地坐在电脑面前轻轻敲击着键盘，隔着千山万水，隔着茫茫的时间，隔着整个西藏，无限想念那个叫老仲巴的荒凉小镇。

而这想念，就像山口边五彩的经幡，它们挂在绳索上，缠绕在玛尼石堆上，风一吹，就迎风飘扬。

2

远远望见老仲巴的时候，我们的车已经出了问题。

这问题出现在我们从萨嘎起程两小时后。在翻越一座并不陡峭的山冈时，车的动力突然发生了严重的不足，任你油门紧踩，却提不起力气来，几经停车检查，我们都没有发现明显的原因。而前途遥遥，回头无望，边陲处的阴影，慢慢大了起来。

我记得，那是正午时分，阳光普照着西藏，普照着我们的焦虑和不安，蓝天上若有若无地飘荡着几丝散淡的白云，可能是在国境线那边。而宇宙安静，地球兀自旋转，无数不知名的雪山左右耸立，左边属于喜马拉雅，右边属于冈底斯。

车子缓慢而坚定地在山冈和流水之间前进着，偶然沉闷地发出喘息声。在一片突然出现又突然消失的湖水前，弯曲的公路仿佛是从很久以前的岁月中涌来，每一个转弯处，都预备了让你无法想象的惊奇，可能是一片冰川，一群野驴，或者，只是孤零零长在草原深处的一棵树。

我们就这样抵达了老仲巴。

那是八月的某一天，一个星期五，我记得。那里和从前一样，也可能和未来一样。

3

老仲巴是一个即将荒废掉的边陲小镇。

219 国道在这里并不宽阔，甚至比不上一条低等级公路，它从镇子中间穿过，瞬间翻过山冈就不见了。马路上永远没有什么人走动，多的是一些来历不明的黄狗黑狗在门前或蹲或卧，懒洋洋地看着我，像看着一个亲人。

镇上只有两家餐馆，还有两家专门为接待旅行者和朝拜神山圣湖的印度人而开的旅店。其中一家名字叫“亚”，另一家，叫“雪域”。

我只花了10分钟，就从镇子这头走到那头，又从镇子那头走回了这头。当我走回来的时候，小陆告诉我说，不行了，我们需要从拉萨调一辆救援车上来。当时阳光已经不那么刺眼了，我坐在亚宾馆回廊的椅子上，取下墨镜，眯起眼睛看着远处的雪山，我说，好吧。院子里空荡荡的，弥漫着一股干草的香味。

老仲巴的下午真的很安静，安静得似乎它并不存在。在镇子边上有一座小山冈，一座规模并不大的寺院，俊俏地在风中挺立着。我顺着街边慢慢走过去，它并不因为我的靠近而变得更大，当然，也没有变得更小。

那是一座正方形结构的寺院。大门敞开着，院子里堆满了木头，因为正在翻修，喇嘛们都去了外地，没有人。屋顶的镏金双鹿，在阳光中熠熠生辉，散发着夺目的光芒。恍惚间，我觉得世界也是空荡荡的，像只碗，盛满了阳光。

突然回头，发现寺院的看门人静静地站在我的背后，他袖着手，沉着地看着我，一点声响都没有发出来。

四周依旧是安静的，我冲他点点头，把手中的相机朝他扬了扬，他似乎明白了我的意思，从腰带上取下一串钥匙，颔首让我随他去。

大殿里只有一尊并不高大的佛像，但是依旧庄严、肃穆。阳光从外面照进来，我似乎可以看见细微的灰尘在空气中飞舞的样子。

基座上围着两圈酥油灯依旧在燃烧，左右的柱子上挂着经幡、藏刀，甚至还有一把生锈的猎枪。看门人从中拉出一面唐卡，五彩图案，彩绘人物，其中一个空格上，绣着一头雪山狮子，仰天长啸的样子，在那个安静的下午，在阴影中，夺人心魄。

分手时，看门人送给我一只刻着六字箴言的牛头骨，他合掌低首，嘴中喃喃念着什么，我倒退着退出山门，并没有更多的语言留在那里。

他说，他的名字叫多吉次仁。

4

趁着救援车还没有到来，在海拔 4 600 米的仲巴小镇上畅饮一番拉萨啤酒，是快乐的。

旅店对面就是一家简陋的四川餐厅，我们自己动手，三五小菜，白菜辣椒，满天星光映照着雪山，人生得此良宵，真不容易。

从此后，我再也没有那种快乐了。

一箱啤酒，是从喀什骑单车来的小伙子买的，他是南开大学的学生。分手时，他靠在回廊上朝我们招手，如今也不知道，他是否安全抵达了拉萨。

那一夜我们纵酒高歌，说了很多话。

那一夜的风也温柔，像一个人抱着另一个人。

那一夜的星星都掉进了杯子，月亮挂在仲巴寺上，像灵魂。

5

到现在我似乎还闻得到拉萨啤酒的清香，那麦子般的清香婉转旖旎，从天而降，像所有美好的事物，像新的一样。

虽然两天后，我依然离开了那里。我的前面是美丽的帕羊草原，再往前，是所有藏族人心中最伟大的神山冈仁波奇和圣湖玛旁雍错。

离开的时候我站在山顶，仲巴小镇在早晨的光线中柔软异常。它像童话中的一个村庄，依偎在群山环抱之中，发出轻微的鼾声，却并不打搅这个世界。

神灵在空中注视着这一切，包括今夜。他在云层之上看着我们彼此怀念，正如我一直相信的事情。太阳会照常升起，天依旧会黑，前途依旧是渺茫。

那些被想念的地方，都是值得重归的地方。我相信，我们无数次的出发，仅仅就是为了无数次的抵达。难道还有什么比抵达更值得我们去期待吗？

车子轻快地转了个弯，飞奔向前。它是故意的，好留出时间，让我在今天夜晚深深地怀念老仲巴这个偏僻小镇。

萨迦，萨迦

1

不知道为什么，我一直想写首关于萨迦的诗。这个深深隐藏在后藏偏僻之处的小城，这个似乎与外面断绝了一切往来的小城，这个顽固、敏感又寂寥的小城。

靠近萨迦的时候，正是黄昏。180 公里之外的日喀则，早已经被我们远远放弃在旅途之中了。我不愿意把这两个地方比较起来说，在我的概念里，这似乎是一件完全不可能的事情。日喀则之与黄教的重要性早已被游客带来的烟尘气所笼罩，他像一个没有办法抵抗只好无奈接受的孩子般，委屈地靠在雅鲁藏布江和年楚河交汇的河谷里，一句话都说不出来。每一次路过日喀则，我都有这样惆怅的心情，我更愿意像一个藏人那样，轻轻喊他一声“喜噶次”，而不是去围观扎什伦布寺墙壁上的毛主席语录。

但萨迦，却绝不这样。我们的车从中尼公路左转下了一条容易被人忽略的小路，平坦，并不宽敞的小路依偎着起伏的山冈，朝天空深处铺去。这是一条细长幽静的峡谷，乌云永远在山腰那里微微震荡，仿佛有什么重要的事情即将发生。

其实唯一发生的事情，就是天正在下雨。不断往里走，路不断被山洪冲断，路边挖掘的防水沟，很明显承受不了一场中等规模的降水。开车的小陆说，最近几年西藏的雨季时间越来越长了。那时候我透过车窗，看见一座白塔孤零零修建在河对岸，在雨水的冲刷下，越来越白，我愣了一下，心中突然难过起来。

但是片刻之后，当车缓缓转过一个山坡，萨迦就突然出现了。

这是一个灰色的小城，当我看见了他，雨恰如其分地停了下来，漫天的乌云也因此变成了灰白色。世上总有一些让你觉察不到的奇迹在发生着，就如同这场雨的来临和离去，在我望见萨迦城边那些星星般散落在河谷中的碉房时，突然觉察到了某种东西扑面而来，它像一头鹰，在我们的车顶盘旋了一会儿就转身而去，好像带着一阵风，一点牛粪混杂青草的气息。这些气息中，还纠缠着红、白、黑三种不同的颜色，从路边错落有致的二楼窗户外刷下来，在灰色的墙壁上晃动，在那条朝下而去的规矩的石板路上晃动，也在我头顶之上的天空中微微晃动。

2

我不知道萨迦北寺，为什么会在文化大革命中被摧毁。这个问题，不是在这里问的，也是问不出答案的。仲曲河北岸苯波山前，当年重叠逶迤的建筑群，现在只有残存的一些断壁互相支撑着，在默默述说着一切。

但其实，它们已经说的太多太多了，岁月已经把那些话语转成了灰尘，在每一天清晨轻轻扬起，又慢慢落下。

第二天清晨，我站在萨迦南寺高大的寺墙外唏嘘不已。阳光从左边照过来，首先映照亮高墙之上的四个城堡和角楼。这幸存下来的建筑，依旧伟大，恢宏，器宇轩昂，在晨风中像一面旗帜，只不过，我已经听不到猎猎的风声。

偷偷混在早起的藏人中走进萨迦南寺，穿过一个“工”字形的大门，里面竟是一个宽敞、长方形的院子。门口的建筑介绍中说，萨迦南寺始建于1268年，面积为14 700平方米，平面呈正方形。有两圈城墙，城墙上有垛口，我站在院子里四周望去，它们果然对称地围绕着。外面似乎还有一条护城河，因为昨天的雨水，它们今天绕着寺墙欢快地流淌着，左边是寺院，右边是村居。

站在苯波山回望萨迦南寺，看上去，它的整个平面图就是个大“回”字套着个小“回”字，两道回字，像一个迷宫。城墙的颜色除了紫红色以外，还间有黑、白两色，昨天一进村我就发现了，它们顺序排列在你所有能够看到的墙壁之上。紫红色象征文殊菩萨，黑色象征金刚护法神，白色象征观音菩萨。三色成花，“花教”之名，由此而来。

山顶有小寺两座，建在峭壁之边，又有白塔数座，宛若七星伴随明月，说不清楚的秀美和孤绝。沿着小路爬上去，寺院的木门虚掩，不规则的小院子里，种满了格桑花。推开门，我站在中央，抬头仰望深蓝色的天空，这还是晨曦未灭的七点十分，偶然听得见下面村庄中的狗吠，除此之外，世界上再也没有别的声音了。寺中只有一位老人看住，还带着他10岁的漂亮的小孙女。他不通汉语，只会对着我说“北京、北京”，让我不知道说什么才好，我只有微笑着比画说：“萨迦、萨迦!”或许这个时候，语言真的多余。甚至，包括我自己。

而我现在竟然忘了那个小女孩的名字。她会说汉语，当了爷爷的临时翻译。她把我们带到寺中一个隐秘的山洞里，她穿过密布的经幡，她从一眼泉水中舀了瓢甘露给我喝，她说：“扎西德勒，请，请喝!”

3

听说，八思巴法名洛珠坚赞11岁时随伯父贡噶坚赞赴西凉阔瑞，元朝即位把他迎到北京，尊为帝师，授权顶国师王印。以后，奉元世祖的命令，叫他和伯父贡噶坚赞造蒙古新字，新字造成后，宁成和元世祖大喜，把八思巴封为西藏王，将整个西藏交给他统辖（当时划为十三万户）。他掌权后，使西藏又重归统一。当时的萨迦，是西藏地方政权的政治、经济、文化的中心，是西藏最发达的地方，政教合一的政权形式从萨迦开始了。

但我没有见到。或许，那些墙壁上精美的壁画，见证了这一切。那些过去的烟云，伟大的往事，在墙壁上栩栩如生，它们俯瞰着我，用微笑，也用沉默的光与影。

所以我只能离开这里。在祈雨节之后，在秋季大法会之后，在人民跳完古老的金刚橛神舞之后，我默默地离开了这里。我离开的时候，没有听见庄严的法号，没有听见风云卷动，也没有听见人声喧哗。萨迦坦然如过去，看着时光倒流 200 年，看着军营中的部队，看着我的汽车在午后的阳光下，转山而去。

我摸出一根香烟想抽，却发现我的打火机，遗忘在了萨迦寺旁的甜茶馆里。

行云流水

1

海是大海，大到比你所能想象到的地方更远。海岸线松软潮湿，弯曲如一根放在书桌上的丝线。一座叫加井的小岛蜷伏在不远的海面上，看上去很近，似乎游泳就可以过去。南中国海上尽多这样的小岛，安静，狭小，有着陡峭的山崖，柔软干净的海浪在晨风中一波一波地涌来，轻轻拍打着，形成了它蜿蜒的沙滩。

坐在石梅湾海滩的木头房子里望海，是一件舒服的事情。抬起头，此地的天空蓝得让人生出莫名的伤感，偶尔的白云从头顶飘过，除了它和掠飞而过的海鸟，你什么都看不到。但你可以看到大片苍翠的青皮林带环抱着两弯新月海湾，几座山峦围绕过来，小溪顺着山脊流淌而下，像一首抒情诗的开头，款款提笔。

我喜欢海风中的木头房子。泡一杯绿茶，慢慢品。黄昏以前，阳光会从微微倾斜的椰树间照来，照在一些诗人的脸上，有着不寻常的光芒。下午四点的石梅湾，一切都是柔软的，可以选择的，包括阳光。伊沙就是这样，他把椅子搬到屋檐下坐着，头发在迷离的阳光中闪烁着细微的光芒，用手摸一下，是海水蒸发后残留的盐粒。也有一些诗人坐在阴影中低声说话，比如张执浩，他并不愿意移动身体，海风好像从四面八方吹来，吹着他和他们的肩膀，像酒香，有点淡淡的醉意。

而我捧着一颗大椰子喝，偷偷坐在旁边，无端端想起了一首法文歌曲《早安，越南》，心里很奇怪，不知道为什么，也没有对身后的人说。

2

沈浩波写诗快。晚上喝高了回去就写。他这样写："我像一个咆哮的英雄 / 但大海的咆哮使我的呼喊如同虫鸣。"是的，海浪的变化总是让人觉得突然和难以接受，和早晨的日出一样，我们摸不着方向。

凌晨起来的时候，是四点三十分。马路宽广，海面宁静，天空泛着暗淡的蓝光，这让我想起许多关于"蓝"的诗句。大连诗人苏浅的诗天真纯朴，她写过"更深的蓝"，我一直没有机会去问问，什么叫更深的蓝呢？广东诗人微微写过"不可能一开始，就是蓝"，是的，她喜欢的蓝是"约等于蓝"，是"天空，请按我的规则蓝"。女诗人的诗歌色彩似乎特别钟爱蓝色，那是精致，幽深的颜色，很多时候，一读到"蓝"，很久以前的岁月就会重新倒流眼前。

只是这天石梅湾的黎明，是另一种蓝。云南诗人雷平阳说，白天是从大海开始的。没错，我们脱了鞋子走在沙滩上，沙滩上没有人，海平面高过我们的头顶，太阳迟迟没有出现。倒是一些海滩上的小螃蟹，飞快地从一个洞中转移到另一个洞中，被我们的脚步惊扰，显得慌张急促。几艘渔船倒扣在白沙上，看上去已经很久很久了，可能是去年，但也可能是昨天。昨天下午我在那里拍过一张照片，有个女孩站在船边，船底的龙骨在阳光的映照下，沧桑凄美，凝重流畅。

听他们说，石梅湾的海岸线有六公里长，我们还没有走到头，太阳就从东边的山顶一跃而出，没有任何征兆，太阳就突然出现在眼前，海面并没有因为旭日的出现而改变颜色，依旧是深刻的蓝，不知道深浅的蓝，天空却因为太阳的出现，颜色变得淡了，似乎蒙上了一层薄纱，看不真切。

为了认识蓝，必须先认识其他的颜色。走在天光大亮的沙滩上，右边的青皮林绿意满山，脚下的细沙白中透黄，木头房子的屋顶是纹木本色，棕榈树灰黑，椰子树洒青，还有粉红的三角梅灿烂如未来。我很久没有在早上出来观看世界了，如果告诉学哲学的贾冬阳，他会不会说，你不看世界，世界依然存在呢?

3

石梅湾的广告画册真漂亮，银白色的封面上四个大字：行云流水。字写得奔放洒脱，敧侧峻险，尤其最后那个水字，欲左先右，欲扬先抑，颇有米芾之风，倒是和此地的风光相得益彰。如果米芾当年有过如此幸事，能得以观看南中国海边的一弯海浪，想必也是微风过海、胸襟大开，又会生出诸多烟云之作吧。

只可惜世事迁流，万古更新，轮到我站在石梅湾的海滩上俯仰天地，竟说不出什么话来。想起走时那天，在飞机上看到的琼州海峡，蓝白相间，华贵如宫廷妇人的蕾丝裙裾，飞机穿云而过飘向武汉，海南岛依旧孤单地落在大海之中。

孤单的还有临走前的那个夜晚，诗人们纵酒高歌，兴尽而归，散场后的酒席杯盘满桌，明月高悬，兀自转动，有人遗落了一本诗集，孤单地放在长条凳上。

只是这孤单，早已不是六朝魏晋之孤单了。几盏孔明灯，在海风中慢慢升起，闪烁着温暖的光。

孤独得像根荒草

1

内蒙古辽阔，无法描述。离开海拉尔的那天，是早晨十点。飞机在蒙古草原上腾空而起，我透过舷窗朝下看，视野之内，一片雪白，海拉尔孤单地蜷缩在大地上，远远望去，是一个黑色的长方形，在海拉尔电厂浓烈的烟云笼罩下，显得落寞、委屈。几条公路也是黑色的，从不同的角度插进城市，像极了一个海洋动物的触角。飞机轻快地在城市上空盘旋一周，记忆却越来越重，似乎浮肿了，像个救生圈，甩也甩不掉：白桦林、伐木工、木头房子、邮局、星星、呼伦贝尔牌香烟、酒壶、俄罗斯歌曲、成吉思汗远征图、三河马、雪橇、狗、大鲜卑山、《蒙古族军事史》，太多了。冰封的河流似一段凝固的音乐穿城而过，想必在春天，两岸尽是低矮的野韭菜，清澈的河流新鲜得像个少女，匈奴们牧马放羊，此地天高，此地隔京城很远，此地很好，度不度阴山，关系不大。

2

额尔古纳的另一个名字，叫阿布达林，听起来，似乎另有一种伤感之心藏在里面。我和沈浩波趁着黑夜进入这个城市，路途中，错过了冬季里的草原落日。汽车在城市之间的公路上穿行，一脉黑色，分开雪原。窗外就是成吉思汗勒马长啸的故乡，看不清楚，路牌永远是蓝色的，在闪耀的车灯下一瞬而过，鬼魅般的脸。我们似乎低声交谈过什么，现在已经忘记了，电视上放一部劣俗的港台武打片，说的不是蒙语，显得格格不入。靠在椅子上，无端端想起乌桓、鲜卑、柔然、回鹘、女真，都是好听的名字，都和蒙古有关。只是他们早已经走远，成了记忆，多少故事，无不来如天坠，去如闪电。

痴情的望乡人，只剩下一个席慕蓉。“那长城外才有的清香”，也开始慢慢飘散了。在海拉尔，我去邮局把买的几本书寄回武汉。旁边一个女人，黑色大衣，素色围巾，中长秀发，面晕浅春。她递给邮政员一叠书信，最上面一封用娟秀的笔迹写着：中国台北某街某号，席慕蓉收。我拿起来看了看，里面大约放的是一本书，带着一点草原的清冽之气，在2006年的冬天，去了台北。

3

我不知道安静和孤独是不是有关系，也不知道是安静带来了孤独，还是孤独带来的安静。对我来说，这些并不重要，对海拉尔河来说，这些更不重要。

《汉书补注·匈奴》中是这样记载的："山海经曰北鲜卑之山，鲜水出焉，北流注余吾水。"说的就是今天的海拉尔河，因此，必须感谢历史书，带给我们依旧清新的记忆。海拉尔在蒙语中的意思是"融化的水"，蒙语中的"融化"、"融雪"语音为"海勒"。春天来临的时候，大兴安岭西坡冰雪消融，其水汇成河——海勒，故得"桃花水"之意的河名了。这个解释很有诗意。或许，在匈奴人的眼睛里，河流的本质，都是凝固的吧？而流动的水，只是融化的冰雪，那里才是它的源头。

另一个说法是海拉尔由蒙古语"哈利亚尔"音转而来，意为"野韭菜"，因为很久以前，海拉尔河两岸曾经长满了野韭菜。那么多的野韭菜花，顺着弯曲的河岸，一片片，开到了天边。

这是很古典的想象，却是今天我们无法想象到的想象。莽汉诗人李亚伟在"明天"诗歌双年奖的答谢中这么说："今天，在白雪皑皑的中国东北方，我站在这里，我也觉得有一双美丽的眼睛在看着我，这是诗歌的眼睛。对于诗人——甚或一个从不写诗的人来说，在日常生活里，他也许会常常感觉不到诗意，但是，我要告诉他，诗歌的眼睛会关注每个人的一生。"我端着酒杯，默默地听他念完这段话，仿佛真觉得有一双眼睛在天外看着我们，看我们在明亮的灯下，在木头房子里举杯畅饮，而窗外，是寂静的雪原之夜。

也可能会是云南诗人雷平阳所说的，我们都有一张魂路图。它引导着你的灵魂，你的肉身，夜夜去寻找你的故乡，你的归宿之地。

冬日的草原，天黑得早。我们几个人从天南海北来到了额尔古纳，世界在外面，把我们包围起来。曹五木说，喝酒！好，我们喝酒。在喝完普洱茶后，去吃红焖羊肉吧。我们慢慢沿着村中路走，别走路肩，那里雪滑，不小心会摔倒，我们走在小路中央，大声唱歌，有人在我身后，突然流下了眼泪。

4

酩酊中，你们来到了我身边，又一个个悄然离去。一个蒙古族姑娘问我：“你喜欢额尔古纳吗？你应该在秋天再来一次，那时候草原是金色的。”我知道，但她不知道，金色的草原在我梦中，那么远，那么雄浑，那么孤单，孤单如我，深夜在雪地上一个人走，漫天星光，道德律令，寒风吹来，你孤独得像把刀，我孤独得像根荒草。

诺恩吉雅

一直不知道如何描述内蒙古，或者具体点，一直不知道如何告诉你我看到的呼伦贝尔、阿拉善以及额济纳旗，那个北国边陲、童话世界。曾经写过好几首关于它的诗歌，却一直觉得难以靠近它雄浑、开阔、无所顾忌的野蛮和温柔。

有天深夜，听见一个蒙古族小男孩唱歌，穿云而上的童音突然把我带回到了那片草原和白桦林中。他的声音清亮质朴，曲调婉转，听得让我落泪。当时写："呼伦贝尔的草原上，再小的白桦树，也会落叶。"那个男孩在歌唱他天堂里的妈妈，他才九岁，他的名字叫乌达木。

其实，在我的记忆中，和内蒙古关系最深的还是儿时读过的连环画《草原英雄小姐妹》。她们和英雄王二小从我懂事的时候起，就占领了我灵魂中的某一块高地。以至于我到了三四十岁，一想起草原就浮现出龙梅和玉荣的光辉形象。后来，刘德海先生为此还创作了一首琵琶曲，一哼起那旋律，那些荒草遍野、长风浩荡的草原之夜就顿时出现在眼前。也许因为是从来没有去过，内蒙古风光只能通过音乐的想象来领略。蓝天白云草地，四散分开的马群，牧马人策马如电，套马的长杆在空中飞舞，而马头琴的声音呜咽着，如泣如诉，有高亢沙哑的声音，在草原深处唱到：

老哈河水长又长
河岸的骏马拖着缰
美丽的姑娘诺恩吉雅
出嫁到遥远的地方

——《诺恩吉雅》

《诺恩吉雅》是内蒙古奈曼旗民间流传的一首科尔沁民歌，歌中描述了美丽善良的蒙古族姑娘诺恩吉雅远嫁他乡的凄婉故事。诺恩吉雅是明朝年间科尔沁奈曼旗（今通辽）王爷的公主，嫁给乌珠穆沁王爷家的王子。天苍苍，野茫茫，遥远的路程隔开了故乡，而这种联姻当然有一定的政治因素，婚姻如何幸福得了，更何谈回家省亲。出嫁后三年，诺恩吉雅死在了乌珠穆沁，而当年出嫁时一匹陪嫁老马，也是一路拉车去乌珠穆沁的，便自己跑回诺恩吉雅家乡的老哈河。海青河，当年从这里出发，老马终日徘徊河边不肯离去，一时成为人们议论的惊奇话题。

那白云飘逝的方向可是我要去的地方？

黄羽毛的百灵呵你要告诉我

明天你会停留在哪一座毡房？

听这样的歌的时候，我很想去抱住一棵树，把头靠在树上。内心有一个地方在痛，像树叶一样哗哗落下来，掩埋一件美好的东西。在恩和俄罗斯乡的某一个夜晚，我和几个诗人在一家小餐馆里吃红焖羊肉，用大杯子喝蒙古王酒。席间出来上厕所，夜晚的小镇上，寂寥无人。我仰头，看见漫天的星辰闪耀，四周是白色的厚雪，反射着天空中的幽蓝之光。撒完尿后，我指给沈浩波和曹五木看银河边的大熊星座，我们一起站在那里看北国之夜，寒风凛冽，裤裆冰凉，愈现孤单。

司空图在《诗品》中说：“月出东斗，好风相从。太华夜碧，人闻清钟。……坐中佳士，左右修竹。白云初晴，幽鸟相逐。……俱道适往，着手成春。……不着一字，尽得风流。”这大抵说的是中原文化的细腻，修心得道之法。而在蒙古草原上，在成吉思汗铁木真的故乡，却永远是粗粝、硬朗、辽阔、深沉的另一种情怀。那一夜，我们坐在木头房子里，举杯高歌，每个人都要唱，大声地唱，这是在任何一个城市里的餐厅中都无法想象的事情。但在此地，不如此，我们显得格格不入，不如此，我们显得心怀鬼胎。

所以我们唱，我们拉着手唱，从深夜唱到天色发白，然后踩着积雪回家，听见白桦林中，有枝丫断裂的声音。

大渡桥横铁索寒

去年夏天，天气一直很好。我从成都出发的时候，太阳已经普照在整个川西大地上。路两旁的树长得俊俏，葱茏得似乎有点过分，更过分的是远山在晨雾中俊朗明秀，深绿，浅绿，淡黄，一路撒下去，百姓零星的住房散落其间，像一幅画，也像一枚邮票。

我靠窗坐在车里，固执地看着窗外的风景，在不断变化的光线中不断变化。车开得轻快，过雅安，一直顺着青衣江峡谷逶迤而上。雅安这个名字很好听，有点抒情，有点像中学时代喜欢的汉字的味道。因为是清晨，路上的车还很少，人也不是很多。我穿城而过，这个小城才刚刚苏醒过来。并不现代，也不古典，川西的懒散和舒适在这里显得很恰当。蓝天白云都是不经意的东西，自然妥帖地笼罩着这个小城。而我果然看到一所中学，空旷的操场，紧闭的窗户，一根旗杆上，五星红旗在风中一动不动，愈加显得校园的寂静。我们的车却不能停留，雅鱼、雅女、雅雨，多少美好的想象，就那么放在那里。我从它们的身边走过，却无法停留下来，去体会它们的缠绵悱恻、轻柔婉转。

过雅安，一直顺着青衣江峡谷逶迤而上，翻越巍巍二郎山，就到了泸定所在的大渡河峡谷，从二郎山隧道一穿过去，就能看到泸定依偎在大渡河边。从山顶俯瞰小城，觉得峡谷逼仄，几欲封闭，而大渡河破山涌出，远远望去，虽不及三峡之壮丽雄伟，亦能让人怦然心动。

泸定地处四川省甘孜藏族自治州东南部，自古即是川藏交通、商贸、军事的要津，素有“康巴东大门”之称，但它本身是一个安详恬静的小城。如果不是因为有红军在此一战，恐怕它既比不上前面雅安的闲适，也比不上后面康定的风土。以前看过一部电影，名字叫《飞夺泸定桥》，更小的时候还背过毛主席的诗词，录在这个地方，以为纪念：

红军不怕远征难，万水千山只等闲。
五岭逶迤腾细浪，乌蒙磅礴走泥丸。
金沙水拍云崖暖，大渡桥横铁索寒。
更喜岷山千里雪，三军过后尽开颜。

主席的诗词写得好，好在千军万马之中还有此等气概与胸襟。这恐怕不是简单的旅行就能获得的感受。同行的青年画家魏海燕指着江水说，好汹涌。那意思是水流千载，万古不废吗？云在山顶飘来飘去，很多年来，一直这样。

只是铁索桥依旧寒冷，粗大的铁链横在大江之上，阳光那么好，人民满意。

那夜我们宿在康定，也是一条河流穿城而过，可惜的是再也没有女孩在山顶唱歌。睡前，我想起翻越二郎山时看到的一座佛塔，建在一条小河的那边，山之阴。它安静地待在那里，白云也好，蓝天也好，石达开也好，红军也好，都从身边流淌而过。

没有风雨，我明天还要准时上路。

杭州慢

1

从湖州诗人何家炜租的房子望出去，正好是断桥一带的西湖水面，可以看见隐约的雷峰塔、西泠桥。据说，他租的庭院，原来是陈布雷的别墅之一，距西湖一条马路之隔。沿湖有面秀丽的小院墙挡开喧嚣的游客，推门而入，左手即是一潭碧绿的池水。此潭未名，贴墙而挖，水面浮萍碧波，不知深浅。泉子笑说若有梁上君子翻墙越院，当不应从前院入，否则入水，岂不糟糕。右手石板小径，两边青草矮树，行数米，有台阶登楼，二层小屋，精巧别致，门前一棵大树需双人合抱，叶冠浓密，高过屋顶。家炜的女友一边泡茶一边说，春夏之际，常有松鼠活动其间，并不怕人。屋后桂花盛开，坐于树下，微香袭人，湖面平静得似乎并不存在。略微的阳光从屋檐下透过，让一只黑猫在楼廊间午睡，让人昏沉沉，恍恍惚，以为在庙中，或置身于宋朝的某个时刻。

但我们去的时候正是下午四点，一个简单的午后，太阳已经转移到雷峰塔的另一面去了。搞艺术的人就是搞艺术的人，这样的下午，适合清茶一杯，看书，下棋，研墨写字，或和三五好友打牌谈天，但绝不适宜针砭时世、痛心疾首。我喜欢这样的下午，四点钟的下午苏东坡这样度过，白居易这样度过，茅盾这样度过，更因为还有江南姑娘的吴侬软语，江南才子的风流诗篇。

在这样一个安静的下午，所有的乳房都是丰满的。

潘维有一首诗，最后一句这样写："然而，你满月之时的咳嗽/是否会照亮我墓志铭上的瑕疵。"诗句极尽抒情之能事，让人掩卷之余，不禁叹息。不单独杭州，江南自古多俊杰，近代的吴承恩、郑板桥、吴敬梓、袁枚、龚自珍、胡雪岩，远一点的唐寅、周邦彦，更有俞平伯、戴望舒、林风眠……光是梅妻鹤子林和靖就让人称羡，只凭他一句"疏影横斜水清浅，暗香浮动月黄昏"就足够让中国文化为之动容了。这似乎应了三国时的一个故事，当年徐盛束苇成人退魏兵，曹丕就说过："魏虽有武士千群，无所用之。江南人物如此，未可图也！"

如同我轻轻翻阅潘维的这本诗集一样，淡雅的封面只几个黑字"诗选 50 首"，再无多余。左下角一披蓑带笠、横担挑水的女子窈窕走来，欲静欲动，左右逢源。西湖边，断桥旁，读这样的文字，正是时候。

或许还有更好的时候，那可能如他所说是"穿着灯芯绒裤子"的时候。

2

从断桥旁走去苏小小的墓，大约需要 10 分钟。以我这样漫行的速度，可能还会稍微慢一点。杭州是个缓慢的城市，这一点和成都十分相似。我和《杭州都市报》的陈勇慢慢走在西湖边上，慢慢说一些不着边际的话语，看夕阳正红，从雷峰塔的另一面，慢慢落了下去。“这就是雷峰夕照”，陈勇指着波光粼粼的湖面对我说。他一头长发，说话的声音很小，很细微，像个女孩子。我点点头，说：“是的，4 年前，我来过。”看了看远方，我又说：“但没有见过。”

西泠桥畔慕才亭，名满江湖的苏小小，就葬在这里，永远地陪伴无边的冷月和湖水。只可惜现在的文人墨客前来凭吊，却也只能远远围观一下水泥做成的圆拱。那里已经挤满了以苏小小之墓为背景照相的艳俗之人，在人家的墓前照相，是对死者的不敬，其实，也是对自己的不恭，只可惜照相之人还一个个搔首弄姿，奇形怪状，不以为然。从另一个角度来说，这其实更是文化传播变异之写照，苏小小之墓，已经不是墓了，仅仅是个景点，是个八根柱子的亭子，是个风雨千年的传说，是个人们茶余饭后的谈资而已。

这一点，从亭上镌刻的最著名的那段对联就能看出：“湖山此地曾埋玉，花月其人可铸金。”而原来写的是：“湖山此地曾埋玉，风月其人可铸金。”一字之差，天壤之别。“花月”轻佻浮躁，毫无文气，“风月”开阔沉静，自成系统。茅盾先生在《中学时代》

一文中曾经这样写道："张子献老师解释到，湖山对风月，妙在湖山是实，风月是虚，元曲中以风月指妓女者甚多，风月即暗指墓中曾为妓。地对人，亦妙，天地人谓之三才。铸金，杂书谓越王勾践灭吴后，文种被杀，范蠡泛五湖去，勾践乃铸金为范像，置于座右。铜，古亦称金，不是今天所说的金。说苏小小可铸金，推重已极。"由此一说，足见部分西湖风景管理人之官僚，之懵懂，之牵强附会。

而这和文化没什么关系。

而这和我们又有什么关系呢？当年洒脱不羁、放浪形骸、不拘于时的苏小小，想必对此也只是一笑置之，生如夏花，死如秋叶，由他们去。姑且"妾乘油壁车，郎跨青骢马，何处结同心，西陵松柏下"，又怎么样？这样的境界和胸怀，岂是死亡可以威胁的了的。

也难怪后人传说李贺写出《苏小小墓》后，小小的魂魄，就随他去浪迹天涯，四海漂泊了。只剩"西泠下，风吹雨"，还有无数的苍松翠柏，暗自呜咽。

这真是一个迷人的传说，比沈三白的闺话好听，比曹雪芹的家史传奇，可下酒，可养性，可品，可叹，但绝不可流泪。

3

以前写的一首《绝句》：

有时候，风吹过我的头发

擦燃火柴

桃花就开

镜上有雾

地面返潮

乌托邦

杭州正是给了我这样的印象。这城市和苏州比起来完全不同的。但我奇怪为什么人们总是把这两个完全不一样的城市纠缠在一起说。

我想不明白。

苏州的小桥流水、残垣断壁自有她迷人的地方，但总体说起来，还是个“依门回首，却把青梅嗅”的小姑娘，而杭州的开阔和舒展已经是出阁的小妇人了。一个娇小柔弱，另一个识尽三昧，差别甚大。

不知为什么，一说起杭州，我就想到宋朝。潮湿的、含蓄的、婉约的、细腻丰富的宋朝。在我的印象里，杭州绝对不是汉唐时的纵横吐纳、狂放不羁，亦不是元明清时候的混沌不清、低沉颓废。我真的不明白当年鲁迅先生为什么劝郁达夫不要迁家杭州，莫非犀锐如先生这样的人物，也会因为家乡绍兴与杭州相近而有卑微嫉妒之心吗？或者说，是另一种文化精英的居高临下之心呢？但愿这只是我的小人之心。因为我知道光是楼外楼的西湖醋鱼，就让从不轻易喜形于色的周恩来先后十次前来品尝，若只说口舌之欲，亦足见其魅力非凡。

不过我是随性的人，天生喜欢在山野小店吃黄酒、嚼辣椒。初秋的晚上，和杭州诗人汇于浙大背后的一条深巷里畅饮，不谈诗歌，只谈风月，随意点评走过的杭州美女，不亦乐乎！李白说：“欢言得所憩，美酒聊共挥。”摆设美酒，把盏言欢，看路灯昏暗，渐入花间，听松涛阵阵，不知终于白堤，还是终于苏堤。

想当年张岱湖心亭看雪之时，亦不过如此。长堤一痕，烟波浩渺，素云白雪，阡陌弥望，饮酒，炉沸，此时扣舷独啸，心有戚戚。中国文化之山水空灵，可谓知音寥寥，其中三昧，不足与外人道。

在杭州，不如此，怎么算得上到了杭州呢？

4

而我终究是个过客。

尽管我喜欢杭州，喜欢杭州的诗人，但我终究要离开他们。我很想为他们写一首诗，或者，临别的时候，在路边话别，说一些让人伤感的话，比如说：“我这一次走了，就再也不走了。”

但终究是没有说出口，而夜已经真的黑了。

燃灯节的时候在拉萨遇见你

宗喀巴大师说过什么，似乎知道的人并不多。他写的《菩提道次第广论》和《密宗道次第广论》，真正阅读和领悟的人似乎也寥若晨星。但是，作为藏传佛教一位伟大卓绝的人物，宗喀巴大师的影响，已经远远超越了宗教本身。他写作《菩提道次第广论》的时候，大约四十六岁，那一年是金牛年，换算过来，应该是公元 1401 年左右。

1401 年在内地，是明朝。永乐年间，明成祖朱棣执掌江山，四海平定，青花瓷满街都是。而在西藏，格鲁派逐渐兴起，戒律森严，佛法弘扬。

我在西藏走过大小上百座寺庙，几乎无一例外，都能看到宗喀巴大师的塑像。而西藏的燃灯节，唯一的目的就是为了纪念这位伟大的宗教人物。很多年前我知道了这个盛大的节日，但总是无缘，冬季的西藏，枯萎的拉萨，那满城的酥油灯，于我总是一种遥远又不现实的想象。

燃灯节在藏语中叫“葛登阿曲”。每年藏历十月二十五日这天晚上，寺院和俗家屋顶均要点亮无数盏灯，在佛塔周围、殿堂屋顶、窗台、室内佛堂、佛龛、供桌等，凡能点灯的台阶上点一盏酥油供灯，佛堂内供一碗净水，把佛塔、殿宇、佛堂、屋子照得灯火通明，虔诚诵经，纪念宗喀巴大师。

有一年，在甘孜，恰遇燃灯节。我正从炉霍赶夜路出来，远远眺望灵雀寺，整面山坡上，成千上万盏酥油灯排成一字形，转过山腰就变成了宝塔，头顶繁星落地，脚下火星升天，那一刻的震撼，至今难忘。

去年冬天我在拉萨停留，燃灯节的前几天，顾野生从陕西回来约我去宇拓路吃饭。野生是“80 后”，广东清远的女孩子，2009 年孤身来到西藏，先后两次去了墨脱支教，回拉萨后，写了一本《朝圣》，文笔漂亮，眼光独到，很好看。

喝酒的时候野生对我说：“拉萨的冬天，才是属于西藏的。”我想了想，她说的有道理。每到冬季，游客稀少，拉萨宽敞得仿佛回到从前。青藏公路上沿途都是磕长头到拉萨的藏族人，他们要在燃灯节前拜到大昭寺，只为能在寺庙前点燃一盏酥油灯。

宗教的力量俗世之人总是无法理解。野生说：“游客对西藏存在太多的误解，他们对西藏的诗意想象只是来自于表面的了解。”这可能是她几年来在西藏生活后的理解。野生是深入到西藏血脉中的女孩子，或许正是因为这样，她才看到了一个真正的、有别于旅游张贴画的另外的西藏。

野生在八廓街上的邦达仓大院里开了一个书吧。第二天下午，我去那里看了看。正值燃灯节前，八廓街的几个出入口，都要安检进出，她跑出来在路口接我，笑着说：“好多人啊！好多人啊！”一转身还自言自语道：“今天看来是不能晒太阳了。”

我知道野生多么愿意把青春用来晒太阳。就像她的书吧，明亮中有着优雅的宁静，木头桌，蜡染布，整面墙的书籍，一屋子的清香，房门敞开在大昭寺边上，似乎随时能够听见寺庙窗户里传来的诵经声。野生告诉我，每年的燃灯节，她都会去楚布寺点酥油灯，“跟仁波切说好了的，我明天就去！”一脸认真的样子，可爱极了。

我向来偏心为了理想敢于放弃舒适生活的都市青年。也可能是因为自己当年没有做到这一点，每每遇见他们，我总想趋前问候。陈小三夫妇如此，顾野生、顾倾城、杨勇等等莫不如此，他们生活在西藏，也同时把自己的生命和情感交付给了西藏。

燃灯节那天晚上，和朋友吃完饭，一个人从宇拓路转进了大昭寺广场。拉萨的燃灯节，和我想象中的不一样。满街的武警和公安，如临大敌，步战车、装甲车停靠在大昭寺广场前。所有的门面都关闭着，一对情侣在花坛边小憩，立刻就有人过来说，请离开……

跟着人群在黑夜中围着大昭寺走了一圈，桑烟缭绕，经幡飘扬。汉族人不多，左右看了看，除了街边的武警，似乎就我一个，我仰头没有看见星空，或许是因为云层，也可能是因为心情。

有一些藏族孩子带着牛角头饰，像汉族的元宵灯笼，摇摇晃晃走在人群中，一会出现，又一会消失。

路过顾野生的书吧路口，我停了一下脚步，邦达仓大院隐身在小巷深处，看不清楚。大昭寺的屋顶点满酥油灯，煨桑的烟尘飘满西藏，人群簇拥着我继续前行，依稀记得，八廓街旁边的房子名叫顿青苏。

桑顶寺的心

四百多年前，香巴噶举的创始人琼波南交巴的四传弟子克尊·旬奴珠创建了一所寺庙。寺庙的地址选在羊卓雍错西南方向的一座峭壁之巅，《西藏志》对此事的记载是："山巅建寺，有瀛洲蓬岛之胜，宏丽无匹。"那时候，羊卓雍错的面积远远超过现在，湖水绕过山冈，把寺庙围起来形成了一个半岛。隔着浩渺的湖水，远处是旺伯巧山、亚拉香波、古拉卡日和怒金刚萨山等一脉神山，每到夏季，水草丰美，牛羊遍地，浪卡子由此成为连接江孜和拉萨的咽喉要道。这座寺庙，也因为唯一的女活佛桑顶·多吉帕姆在此住持，在藏传佛教各派中占有极其重要、显赫的地位。它的名字叫桑顶寺。

多吉帕姆，在藏语中的意思是"金刚亥母"。传说，金刚亥母是胜乐金刚的明妃，是备受藏族僧俗敬重和供养的本尊。我曾经在一本书中见过关于她的唐卡，创作于清朝乾隆年间，画上金刚亥母身如十六妙龄女郎，一面两臂，全身红光，头部有一猪形头。右手持金刚钺刀，左手持盈血颅骨器，左肩斜倚天杖。三目圆睁，头戴五骷髅冠，细腰婀娜，以小铃花朵装饰颈部，非常漂亮。

唐卡背后还贴有白绫签，用汉满蒙藏四体文字书写题记，汉文为："乾隆五十三年十二月二十四日钦命中正殿画佛喇嘛绘画供奉利益画像金刚亥母。"乾隆五十三年为1788年。那一年，喜马拉雅山南部的巴勒布（今尼泊尔）廓尔喀军队入侵西藏，清政府迅速做出反应，令四川提督成德率军入藏，驱敌出境，成功完成了西藏保卫战。

第一次去桑顶寺是三年以前的事情。那段时间浪卡子一线的公路正在翻修，大多数车辆都绕道曲水直行去日喀则。小陆开车带我，说去羊湖桑顶寺转转吧，我觉得这样的行程蛮好，不慌张，不赶急，慢慢地，开车顺着拉萨河走，走着走着就走到了桑顶寺。

去的那一天是下午，天气不好，乌云覆盖着羊湖，远处的雪山也迷蒙在烟云中，天色阴沉的时候，羊湖的水似乎也是稠密的，弯曲的湖岸在山脚下蔓延，沿路零星的小村庄在潮湿的空气中也更显寂寞和孤单。

桑顶寺的总体格局类似布达拉宫，分白宫和红宫两处建筑群，这种思路在西藏的寺庙建筑中十分常见。没有游客，我们顺着盘山公路走上寺庙，空荡的院子里，一条狗懒洋洋趴在门口，两三个喇嘛在水龙头前低声说着什么，看见有人来，就闭上了嘴。

这里是寂静之物堆积的地方，仿佛一个人的心脏，虽然跳动，但并不显山露水。一切都归隐在层层的帷幕之后，归隐在摇晃的酥油灯后。管事的喇嘛带着我们穿越那些迷障，走上高高的楼梯，推开木头大门，绕过经幡，来到第十二世桑顶·多吉帕姆·德钦曲珍的法座前，但那里只有活佛的一件衣裳，他摇了摇挂在手上的一大串钥匙，低声说："活佛现在在拉萨，在家修行，很少来桑顶寺了。"

多吉帕姆在藏传佛教中认定是产生诸佛的大佛母的化身，同时也是中国唯一拥有大呼图克图封号（藏传佛教上层大活佛的封号）的女活佛。德钦曲珍幼年时由第十四世达赖喇嘛指认为第十二世多吉帕姆活佛，那是 1946 年的事情，那一年，德钦曲珍刚刚五岁。

1959 年 3 月西藏叛乱，桑顶寺正处于拉萨与日喀则之间的心脏部位。局势动荡，多吉帕姆活佛躲进了羊卓雍错的湖心岛，被叛乱者搜寻到后，无奈之下远走不丹，后又转道印度。8 月，国庆大典前夕，在中国驻噶伦堡商务代理处的帮助下，十二世多吉帕姆活佛辗转至巴基斯坦，又绕道阿富汗、俄罗斯、蒙古，最终于 9 月底回到北京，结束了六个多月在海外颠沛流离的日子。

这些都是过去的旧故事了，到如今，也没有几个人会记得。桑顶寺依旧寂静，寺庙无声，佛像无语，我站在金顶之下倾听，唯有乌云划过天空的声音忽隐忽现。

离开桑顶寺的时候突然下起雨来，宁金康桑雪山在烟云中渺无踪影。下山后，我们在浪卡子左转，又是漫长的碎石土路，散落的村庄，摇曳的青稞，孤单单一辆车在雨中穿行，像一只迁徙中的候鸟，似乎知道方向，似乎又迷失了方向。

黄昏时翻越一座不知名的大山，天空骤然晴朗，两道彩虹连接天地，那一刻，普莫雍错浩荡登场，犹如神旨降临，白驹过隙。夕阳从背后照来，湖水蔚蓝，宇宙空旷。湖中三座小岛相互依偎，若即若离。更远处，四大神山之一的库拉岗日峰耸立，金顶之上，传说有一座宝石和水晶搭建的宫殿，那里居住着格萨尔王。

普莫雍错，藏语中的意思是“飞翔的蓝宝石”。人们说，这湖曾被莲花生大师所加持，从而有了神圣的气场。湖岸平缓，山峦起伏，峡谷深切，公路窄窄一线，蜿蜒于河谷深处。此地海拔 5 100 米，是地球上最高的湖泊，面积居然有 148 平方公里。由此开始，进入了喜马拉雅山脉南侧的峡谷地带。

湖边一座小村庄，名叫堆瓦村。三五排低矮的民居，顺着山坡展开。村子尽头，尚有一座小寺庙，我围着它转了一圈，可惜天色渐晚，一无所得。

夜深了，就住在湖边的帐篷里，啤酒和卤牛肉是我们的晚餐，俗世遥远，只有狗吠带来更深的寂静。一抬头，星空和月亮突然出现，湖水慢慢消长，波光照耀雪山。想起下午去过的桑顶寺，那里没有风，万物不动，只有斗转星移的时候才发现，寺庙外的花草，万古常新。

野火春风右卫城

出右玉，北行数十公里，可抵苍头河。沿路山峦起伏，绿树葱荫，古长城的烽火台清晰可见，右卫古城就隐藏在这里。

《朔平府记·城垣碑记》有如下记载："朔郡为畿辅右臂，晋阳肩背，势踞天下之巅。"战国时期赵武灵王就在此筑城，设立了雁门郡，由李牧帅军镇守。宋辽时期，地归大同西路。明又在此设卫，另筑了新城。当地人说，右卫城下还压着一座城，指的大概就是胡服骑射、傲视天下的赵武灵王建筑的善无县城。

在谷歌地图上仔细查看了右卫城的地势，东面是烟洞山、卧羊山，直行出张家口，可入内蒙古，西傍苍头河、雷公山，继续北行亦可入内蒙古，而北面有马营河，南面有欧村河。山环水绕，可进可退，的确是易守难攻的位置。而距离此地十多公里的杀虎口，更是雁北外长城重要的关隘，两座城池相互依拱，扼守住了内蒙古南下山西中部或下太行山所必经的地段。在这里，两山夹峙，有苍头河纵贯南北，形成约有三华里宽的河谷开阔地。"其地内拱神京，外控大漠，实三晋之要冲，北门之扃钥也。"说得一点也没有错。

小时候读中国历史，看见有周伐猃狁，“猃狁”二字不认识，就晃了过去。后来才知道，猃狁以白犬为图腾，就是匈奴的先祖，尧时曰荤粥，周时曰猃狁，秦时曰匈奴。只是不知道故事的发生地就在右卫古城一带。及至后来的匈奴、突厥、契丹、辽、金、鞑靼等西北游牧民族对中原窥视与争斗时，右卫古城已经隐隐然成了抗击北方入侵的不二之地。

所以明清两朝在此地出了一门三十多总兵的麻家将，是毫不奇怪的事情。可惜的是，麻家将在民间传说中远没有杨家将和岳家军有名，或许是因为抗击后金的卓越战功，也或许是“后金之后”的大清对麻家深怀敌意，明亡后，麻家虽还有文武进士出现，但都跟随着前朝的烟云湮没在历史的残垣断壁之中。翻阅《朔平府志》可以发现，大清朝对麻家将只字不提，似乎他们从来就没有出现过。这是历史的吊诡之处，也是文化的悲壮之所在。就像大风吹过右卫古城的瓮城，掀起一层黄土，下面是城砖，再下面是坚硬的金刚石。

我去右卫城的时候，正是深秋。朔州的风一天紧似一天，从蒙古吹了过来。古城孤单，靠着十里围墙抵抗着塞外即将到来的寒冬。东南西北，四座城门大开，分别叫和阳、永宁、武定、镇朔。瓮城完好，其中南北城门是双瓮城，依然存在。天气很好，万里无云，右卫城中房屋低矮，街道笔直。城中十字大街，寂寥无人，四下张望，整个古城的格局丝毫没有变化，跟600多年前一模一样。

当地人说，民国之后这里已经逐渐衰败。房屋低矮是为了保暖，而靠南的外城墙，被原住民挖开了许多窑洞，走近一看，竟然还居住着人家。城外原来有护城河，如今早已干涸。传说中的50多座寺庙，在历史的更迭中已经灰飞烟灭。唯有走开去东北方向的山顶俯瞰，右卫城仿佛一座轿子安放在华北大地上。陪同的朋友告诉我，这里就是拍摄《野火春风斗古城》的地方。

野火还有，古城尚在，可是不见的东西，太多太多了。刘基有诗云："二更月上城，照见兜鍪光。侧身望山川，泪落百千行。"

呜呼！任你刀枪剑戟，老百姓的生活总是要艰难地过下去。三十二长城就在不远处，驱车从武定门出去，数公里即可到达。路两旁是高大的白杨树，在秋风中一点点淡黄着叶子。长城下有个小村庄，名字就叫三十二村。它背靠着山峦，有古井、小河、石桥、烽火台，十多户人家。看见一个人背着手在山顶牧羊，说不清楚的难过。有家农户的院子里，还种着两棵柿子树，蒙古的风吹啊吹的，树叶快掉光了，一树火红的柿子，在大风中轻轻颤抖。

黄昏的时候去右玉县城吃羊肉，朋友说，右玉的羊肉清香爽口，是全中国最好的羊肉。那天我们喝着汾酒，说起走西口，说起游牧和农耕之间的争斗，也说起苏武牧羊时写的《别妻》、《别昆弟》、《别李陵》。右卫古城中的传说一个比一个好听。

朋友告诉我，右卫城的西街原来有座瘟神庙，庙内有一古榆，六尺来粗，主干丈余成洞，上下有口。夏日来临，树叶静静地长，竟然伸出墙外遮住了整个街道。有人在路口唱戏，有人在树荫下看戏。庙内有墙，墙上有画，画上有人长发垂髫，双眼微闭，坐在树上。某一日，大风吹过古城，树枝折断，人迹渺然，成仙升天。

天苍苍，野茫茫，风吹草低见牛羊。这是杀虎口，这是右卫城，一棵孤独的树，一个寂寞的牧羊人。那个下午我坐在古长城的废墟下抽烟，俯仰天地，想起诗人陈小三的诗，他说："山东山西，人生如寄。"咳咳，路越走越远，人生却越走越短，该继续往前走了。朋友，上面是宇宙，下面也是宇宙。

湘江水，长又长

1

今年秋天，又去了湖南。

气温一天天在转凉，这是无法控制的事情。我出门历来简单，只随身带几件换洗的衣物，这次一样，只是多带了本沈从文先生的自传。秋天给我的感觉总是空旷而又寂静，在长江中游一带，正适合读他的文字，淡泊，平和，犹如江水，因为温度的下降而隐约放慢流动的速度。

株洲县城外有个小镇，名叫江边村，濒临湘江，有数十户人家。我去的当天，住进一家小旅店，老板来自郴州，姐妹俩，中年模样，妹妹长得仿佛李谷一。言说因兴建湘江大坝而在此开店经营。小旅馆用竹子搭建而成，简单朴素，农家风味，住宿一夜仅要价十元。屋后一片翠竹林，养土鸡数只，每天早上四点还是五点的时候，其中一只会引吭发声，既而整个村子的鸡都唱起歌来，我已经多年没有听过公鸡打鸣了，猛然在这里听见，起身看看窗外，到处一片漆黑，恍惚回到了我的童年时代。

只是房间的灯光黯淡，夜晚休息的时候，我在昏暗的灯光下翻阅沈从文，看他如何游水、赌博、看杀人，看他如何将一把叫“黄鳝尾”的小尖刀插到裹腿上，然后到城门口得意扬扬地吃上一碗汤圆，觉得心里实在是喜欢这个人，和郁达夫的颓废、鲁迅的尖锐相比，沈从文更像他自己说的那样，只是一个乡下人，有那么点倔强，有那么点无所谓，还有那么点浪漫。虽然偶尔他也会骂人，但只用凤凰县的方言骂，骂骂也就算了，就睡觉去，这其实是另外一种更切肤的沉痛和无奈。如同我读他的书，在深夜，喝一大杯浓茶，听见京广铁路上的火车呼啸着从不远的地方开过，没有鸣笛，只有仿佛风一样的声音，车轮撞击铁轨的声音，瞬间一闪而过，接下来，就是安静，已经在心中默想的，一定存在，但听不见的，却是湘江水拍打岸边的声音。

2

我是半个湖南人，名字中有“朝晖”两字，妈妈说取自毛主席诗词“我欲因之梦寥廓，芙蓉国里尽朝晖”。小时候一直以为这诗句写的是四川，后来才知道此芙蓉非彼芙蓉，那是因为湘江流域多植芙蓉（荷花），早在唐代就有“秋风万里芙蓉国”之句了。

原来如此。

原来主席的芙蓉国，也是来自唐代的芙蓉国，只是这个“我欲因之梦寥廓”似乎太假，不及李白的“我欲因之梦吴越，一夜飞渡镜湖月”来的洒脱自由。这个世上假的东西太多了，连人都有假的，更何况文字？不过幸好我知道傅抱石以此为名的画是真的，曾国藩和左宗棠来自湖南是真的，《史记》中说“食湘波之鱼”、“浩浩沅湘兮”是真的，秦始皇在今天的长沙市设湘县是真的，北京是“首都”、长沙是“脚都”这也是真的。

但我依然怀疑，有时候这些真假，并不是我所能够理解的真假。

在长沙，邓兴给我说了一个故事：有一个人去医院看医生，他对医生说，医生啊，我最近老是觉得自己像一只鸟。医生问他，那么你是什么时候开始有这种感觉的呢？那个人想了一想，回答说，当我还是一只小鸟的时候……

邓兴是湖南衡阳人，胖子，是我见到的诗人中属于横向发展且控制不住的那一种。初见邓兴是在武汉，那时他刚从华工毕业，还是一只小鸟，就职于武昌造船厂，诗写得朴素干净，轻灵动人，与其身材反差极大。当年我在武大门口的夜宵摊子上笑谈他是“衡阳雁去无留意”，没想到他后来真的离了武汉，落脚长沙。

我喜欢他的诗，喜欢他诗中那些流浪者的气息，那是适合在黄昏的时候坐在窗下仔细品味的文字。当时他住在武昌大成路附近，一个破败而杂乱的院子。从他的厕所望出去，可以看见半座长江大桥，可以看见火车无声地从桥上开过，可以看见汉阳树高过屋顶，可以看见一对恋人在散步，而他就是其中的一个，这就是他的《彼火车》：

你坐过它

去远方

你经过它

想象远方

有一天

它出现在

你的门口

带着风

那样的姿势

好像要立起来

它收尾的时候

你才想到：火车

并且关上房门

3

不会怀旧的人，肯定不会生活。虽然湘江边上的长沙，并不是一个怀旧的城市，虽然这里有岳麓山，有爱晚亭，有橘子洲，有天心阁，但长沙依然是一个不会怀旧的城市，尤其是在这样的一个夜晚。

谭力和七窍生烟要带我去湘江夜游，说我们去湘江上喝酒吧，我们有臭豆腐，有花生米，有机帆船，有白沙烟，还有诗。是的，我们还有诗歌。我们在黑夜中出江，那天风不大不小，船老大载着我们逆江而上，沿着橘子洲，一直朝上游开，马达的声音很沉闷，从水底传来，好像很多年前的声音，模糊，听不清楚，但是又真切地存在。看来人的心情其实是很容易被环境所左右，洒脱如白居易，也只是听了姑娘一曲琵琶，就大哭，大哭之余还写出了“同是天涯沦落人，相逢何必曾相识”的千古绝唱。而今夜，漆黑的江面上，什么都看不到，只感觉得到风把江水一波一波地推向船舷，左岸是旧堤，右岸是新路。满城灯火辉煌，只有我们喝酒的这一艘船，在江面上漂动，是黑的，如果你站在岸上，绝对看不见我们。

秋天的风一点也不吝啬地吹，我们几个人大声地说话，声音在空气中震荡，只存在于 5 平方米的范围之内。我问谭力，岳麓山在哪个方向，他随手指向右岸一脉黑暗中起伏不定的山梁，说那就是。从船上望过去，似乎很远，想起小时候妈妈带我上过一次，只记得她哄我说岳麓山上有老虎，还朝一口井里放硬币，说是放在水面上，能够漂浮而不坠落的人，是多福的人。现在想起来，这多么像诗歌，把一个一个的词语排在心上，让它们顺理成章地漂浮起来，而不是坠落，而不是被文化淹没。

那天是重阳节。我们上岸的时候已经是 11 点多了，公园里跳舞的人群早已散去。七窍生烟说夏末在内蒙古开诗会，西川和伊沙各自得了 200 亩牧场。记者问西川有什么感受，西川说：“真没想到！”又问伊沙，伊沙说：“我也没想到！”

那时候秋天还没有到，诗人们还在为自己的理想奔走。没想到的东西实在是太多太多了，比如白居易不知道自己会把衣服哭湿，比如韦小宝不知道自己会娶七个老婆，比如我对七窍生烟说，衣服穿少了，有点凉，尤其是在这样的一个夜晚。

4

重阳节应该头插茱萸，登高望远，应该赏菊、饮菊花酒、吃重阳糕，和女孩子一起说说天气，想一想双亲和兄弟。传说古时候，汝南县有个叫桓景的人，跟随费长房游学多年。有天长房对桓景说："九月九日你们家里要有大的灾难，应该马上回家，让家里每个人都做一个绛色袋子，里面装上茱萸，把袋子系在胳膊上，然后登高、饮菊花酒，就可逢凶化吉。"桓景按着长房的话去做，带领全家人登山游玩。到了晚上回家，看见鸡、狗、牛、羊全部暴死。长房听后说："这是由这些家畜代灾了。"这故事听起来鬼魅得很，不过费长房可不仅仅是个江湖术士，他是个能悬壶济世、治众病、鞭百鬼的人物，以至于后人一说到重阳，就想到山冈，可惜的是江南一带平原沃野，无山可登，所以男鬼女鬼一到重阳就打着灯笼出街。记得余笑忠曾经在诗中这样写道：

宽衣、躺下、在河边、在早春的阳光下
啊，光阴、阅历、旧雨新枝
此时此刻，无山可登
无乳房可以裸露

他写的是正月初六，那时候春光明媚，独坐偶成一诗，是何其愉悦的事情。这和重阳没什么关系，但让我在湘江边上想起，虽然无山，却也有了登山的感觉。

所以女鬼们都退到湘水里去了。因为她们固执地只玩一种游戏。

5

很多年前，袁枚游学到湘江，看见岳麓山上有亭名红叶，觉得艳俗，说不如取“停车坐爱枫林晚，霜叶红于二月花”之诗意，改名为爱晚亭。这名字取得真好，不见红字，却万山红遍，不着秋字，却秋意满堂。

那时候的湘江，一定比现在要长一些。

高原上的野花

1

去年暮春时节，我在川西一带游历。从成都出发，沿成雅高速到雅安，却不进城，直接翻二郎山，过康定，进新都桥，再从丹巴的大金川边上旖旎开过，去小金，去卧龙，回成都。在地图上看，这路线就是一个小小的椭圆形，沿途散落一些在黑暗中兀自散光的寺院和雪山，是个好去处。

其实这条路线，在八美这个分岔口可以转换成另一条更为有趣的行程。那就是继续北上，过道孚、入炉霍，穿越甘孜广袤的高山草原，可以去德格、白玉、色达，然后回头再去马尔康。2004年，我第一次去西藏，走的就是这条川藏北线。2003年，张执浩也走过一趟，他回来写了首诗歌《高原上的野花》：

我愿意为任何人生养如此众多的小美女

我愿意将我的祖国搬迁到

这里，在这里，我愿意

做一个永不愤世嫉俗的人
像那条来历不明的小溪
我愿意终日涕泪横流，以此表达
我真的愿意
做一个披头散发的老父亲

六七八月的川西北高原，风光正好。去年的积雪刚刚融化，百草茂盛，小小的山兔鼠钻开草甸，一闪一闪地张望着你。如果走到新都桥或者炉霍城外的卡萨错或者新路海时，会看见大片的野花在阳光下像病毒般疯狂生长，其数量之壮观无以言表。目睹此景，或许只有如诗中所云那样，我真的愿意，做一个披头散发的老父亲。

2

上周，张执浩和李修文等人去了俄罗斯旅行。近日回国，他们在微博上贴了几张照片，其中一张拍摄的是莫斯科郊外的图拉庄园。照片中，在一个徐徐上升的小山坡尽头，一座长满青草和野花的长条形坟墓安放在白桦林的边上。执浩说，土坯一垄，芳草萋萋，这里就是伟大的托尔斯泰的墓。那照片中的墓地没有墓碑，没有标识，唯有遮天蔽日的白桦林陪伴在左右。这是宁静中的永恒，这是寂寞中的荣光。难怪茨威格说，托尔斯泰的墓地是“世间最美丽，给人印象最深刻的、最感人的坟墓”。

俄罗斯真是一个伟大的民族。晚上喝酒的时候，李修文感叹了一句。是的。俄罗斯的知识分子群体有着何其雄浑与坚强的内心。这让我想起小时候，母亲逼着我读《复活》。天啊，那么复杂的人物关系，那么长的外国人名，聂赫留道夫、卡秋莎·玛丝洛娃让我头疼欲裂。如今想起来，或许母亲是对的。那时候，我才刚刚小学四年级，读俄罗斯的小说，起码比读《雷锋日记》要好多了吧。

3

我猜，那一定是一个夜晚。暮色刚刚从西伯利亚移动过来，雪还没有下下来。那是托尔斯泰离家出走前的一个夜晚，他对隔壁的农户说："你知道我想出了什么主意吗，我向诺维科夫谈了处境之后，我要到他那里去。在那里谁也找不到我，他兄弟有一个酒鬼老婆，只要她一胡闹，他兄弟在她背上揍一顿，她便老实一点，真管用。"呜呼，这真是一个顽皮又倔强的老头，一个充满了矛盾、激情和空想的老头。

1910年的11月20日，在俄国一个叫阿斯塔波沃的小火车站的站长室里，出走的托尔斯泰怀揣着69卢布与世长辞。那一年，俄罗斯下着大雪，托尔斯泰82岁。

4

俄罗斯的前途在哪里，我们已经看到了。而中国的前途在哪里，我们尚未知晓。我从小到大翻阅着俄罗斯，就像窗外突然下起的暴雨，我感受到了一丝酷暑中的微凉。这微凉来自托尔斯泰的寂寞，来自阿赫玛托娃的寂寞，来自屠格涅夫、帕斯捷尔纳克、索尔仁尼琴他们的寂寞。

托尔斯泰的墓地上空永远是流云和落叶，我没有去过那里，但我在这个下午闭眼想象着那里。好像回到二十多年前，十二三岁的我在闷热的夏季抱着一本《复活》看。手边放着一张白纸，一支铅笔。我将在下一分钟记下某个人的名字，某个地方的名字，那些书中的风云，将随着这些人名地名，永远不再消失。

二十多年过去了，窗外照旧是蝉鸣起伏，高原上照旧是野花盛开，我期待的好日子，也照旧没有到来。

5

天突然一暗又一亮，窗外真的下起暴雨了。蒙古人李斌打来电话，邀约晚上去湖边喝酒，我迟疑了一下，答应了他。其实我想现在就去一个三省交界的地方，那是个小镇子。下午四点，我的书桌上放着尚未写完的诗歌，推开窗，外面是大山，是满山的野花，而乌云带来的这阵暴雨，必将在黄昏到来之前，准时结束。

昨日浮梁买茶去

1

元和十年，秋。

白居易任九江郡司马，这消息在江湖中传遍，花了两个月的时间。

两年后的一个夜晚，他在湓浦口送客，客名不详，其时枫叶荻花，江心月白。

一个弹琵琶的女人曾经对他说：商人重利轻别离，前月浮梁买茶去。

这让白居易想起了皇上，想起自己谪居卧病浔阳，沦落天涯，天地之大，竟不容才。

他哭了，哭得很伤心。

几千年后，也是秋天，我路过九江，穿过景德镇，去了那个叫浮梁县的地方。

2

只是现在的浮梁，已经不是往日的浮梁，或者说，它本来就不是我想象中的浮梁。

景德镇朝东 8 公里，就是浮梁古城，昌江水多少年来一直绕城而过。

而如今这里，已丝毫看不到当年的繁华和喧嚣。风景区前一条笔直的大道通向翻新的城墙与门楼，门楼和两旁的骑楼高大庄严，看上去森然挺拔，不苟言笑。只是翻新的砖瓦之间依稀可以分辨水泥的痕迹，感觉就像一个值得尊敬的老太太却穿了条迷你裙坐在人群中间高谈阔论，横看竖看心里不舒服起来。因为是旅游淡季，三三两两的的士司机围坐着打扑克，对来往的几个游客，他们显得并不关心。

站在古县城新修的牌坊下，环顾四周，天空蓝得没有一丝云。而天空之下，虽然绿草殷殷，松柏成林，却掩饰不住现代化的脚步对历史的侵蚀和进占，比如不远处高耸云霄的景德镇电厂的烟囱。

只有城里的一座宝塔依然沧桑，带有一点点伤感的青花瓷瓶般的气息，它叫红塔。据说，当年曾救过明主朱元璋的性命。

3

中国文化中一个很有趣的现象，就是但凡有山水河流之地，必有宝塔相左，而塔的建设是在佛教传入之后才发生的，大约是在两汉之际，且佛有塔，道无塔，民间无塔。然而不知从什么时候起，宝塔建造不再为寺院所独有，不再是用于藏舍利和经卷而转移到民间，建设于水口山头。这可能是因为中国人自古崇尚风水。而江南水系众多，建塔风习从宗教转入民间也就不足为怪了。镇妖驱魔，企求福运，以保佑一方太平，这是人之本性，非佛教所独有。或许呼啸山林的土匪对此还有别的解释，比如《林海雪原》中那句著名的对白，土匪头子坐山雕说："天王盖地虎！"杨子荣一转身，撩开袍子，左手朝腰间的驳壳枪上一拍，高声断呵："宝塔镇河妖！"

我小时候经常这样摆姿势，觉得气冲霄汉。

漠哈，漠哈！其实比较起来，浮梁红塔虽然号称是江西第一塔，但实际上它在江南塔林中并不很起眼。它既没有杭州六和塔之巍然，也没有安庆镇江塔之玲珑，甚至还比不上南昌城内的绳金塔之风铃阵阵，婉转宜人。领我们参观的导游小姐是南昌人，二十岁左右，复姓欧阳，眉眼清秀动人。她介绍说红塔塔身都是用大型青砖实砌而成，每层均用青砖叠出外挑平台，不设钩栏，而且由于砌筑塔身采用的是红壤灰浆，所以经雨水长期侵蚀致使红壤不断渗出，把整个塔身染成了红色，一座白塔在千年风雨之后，终于变成了红塔。

说这话的时候，她的手不经意地指向塔顶，我发现她的小手指，微微勾着，像一朵杜鹃花。

只是不知道，宋代以后，去浮梁买茶叶的商人们，是否读过《琵琶行》，是否曾从塔下经过。

听说那时候塔前还有一寺，名西。

4

但我想象中的浮梁到底应该是什么样的呢？

其实我也不知道。

我耽于冥想和梦幻太长时间了，以至于有时候分不清楚乌托邦和真实之间到底有什么差别。而偏偏我又是一个疏于整顿自己的人，习惯于在惯性的趣味中沉迷徘徊，着迷于夕阳的黯淡迷离，小剧场的冷清空旷，着迷于所有简单的，微不足道的东西。我喜欢那些瞬间的事物，封闭于一种自我的叙述中，喜欢让时间停止，让我看到的东西回复到它本身。或者，只是让镜头中一个滚铁环的小男孩突然停住，背后是很多树叶在落，他手中的铁环，即将离开他的控制……

所以格里耶说："在语言之外，也许就再也没有什么了。"

而现在的浮梁，就是"浮梁"这个词的副产品，真正的浮梁其实是我永远也无法进入的事物。它只存在于"浮梁"这个词语之间，它把浮梁县城覆盖了，如同那些镌刻在墙壁上的诗词歌赋，写满了，已经看不清原来干净的石壁。

所以我只能放弃。虽然我多么想在黎明的时候推开窗，看见浮梁县的城楼上霞光遍地，寒霜湿瓦。

5

这放弃是因为我的虚荣，还是因为我意识到人生苦短，抑或是我看穿了艺术的无能为力呢？我知道说这样的话，其实是不道德的，因为我已经懒惰到宿命论的巢穴中去了，但我的确找不到一个正当恰当的理由来拒绝这个想法，虽然它那么让我难以接受。

从浮梁古县衙门口看进去，正堂横匾上写着四个大字“明镜高悬”，仿古的几盏灯笼挂在空中轻轻晃动，吊下来的洒金穗子仿佛一声声的叹息。我突然意识到我其实做不到“后学分子”的无政府亢奋，我实际上也做不到闭门思过，整天弄些伪禅宗似的稻草人思维糊弄自己。这个世界上难以进入的事物实在太多，就像我在县衙门口的徘徊，让我怀疑自己的文字，是否真能够表达得清白无疑。

马克思好像说过，在我们这个时代，每一种事物都有自己的对立面，这似乎是一个隐喻，似乎是一个论断，一个暗示，或者，什么也不是。

就像“狗”字不会咬人，浮梁不是浮梁，人死了不过是一堆尘土而已，如果你坚持说还有点别的什么，那就有吧，和我又有什么关系？

坐上县衙宝座的会有很多个人，而现在，只剩下空空的大堂，只剩下穿堂风呜呜地吹过，用金圣叹的说法是：“几万万年月皆如水逝、云卷、风驰、电掣，无不尽去，而至于今年今月而暂有我。此暂有之我，又未尝不水逝、云卷、风驰、电掣而疾去也。”

呜呼，只能叹息。

离开浮梁的时候，那个叫欧阳的导游小姐送我一张介绍浮梁的小册子，上面是暮霭沉沉的浮梁城墙，几千年转眼成烟云，她在夕阳下的微笑，好像当年浔阳江上弹琵琶的姑娘，让我觉得她似乎看穿了我的心事。

6

在景德镇看见一款青花瓷，浅沿墩式茶壶，壶上两小孩相扑嬉戏，洁白的瓷体上敷以蓝色纹饰，素雅、清新、自然。

很多年前，应该有个诗人曾经用它泡过浮梁的茶叶。夜已经很深了，书房内孤灯一盏，昏黄的光线下，那茶壶如脂似乳，粉嫩温润。一只翘起杜鹃花般小指的手从旁边伸来，拿起茶壶。

倒进去的是开水，倒出来的是传说。

芸香七里天一阁

1

宁波在我的记忆里，是个安静的城市。十年前，我曾经去过，只是那次时间匆忙，想去的地方太多，却不知道如何选择。朋友说我推荐你去奉化溪口看看，那里是蒋介石先生的故乡，一边是小桥流水，一边是四明山秀丽的风光，值得一去。当时的我，是什么地方有山水就去什么地方，欣欣然前往，果然是骈列舒张，横绝天表。现在回想起，那些高大的樟树，清澈的流水，以及众岫迭岭之山岚，似乎始终沉浸于雾霭之中无法自拔。

我一个人在溪口待了两天，深觉人杰地灵，钟灵毓秀，并非虚妄之言。史书中说 1928 年 4 月的时候，宋美龄与蒋介石婚后第一次来到这里认亲拜祖时，就对溪口风光赞不绝口，后来只要有闲暇都要与蒋来此小住，因此对溪口的山水、乡情感受很深。1939 年 12 月 12 日，日军出动飞机把山明水秀的溪口镇炸成了一片火海，蒋介石原配毛氏也当场罹难。抗战胜利后，家乡收复，美龄先生心情激动不已，居然笔下生花，作了幅油画，名曰《故乡溪口》。

此画听说藏于庐山，我没见过，但的确因为有溪口之行，当年我错过了在中国文化史上更加独具一格的地方——天一阁。多年来这一直是我的心病，可惜苦于没有机会再次游历江南，这样的渴望，只能被一直深埋在心里。这感觉就好像失眠的人吃多了安眠药，却还没有入睡，身体的疲倦和内心的清醒，总是让我对这个地方充满了奇怪的念想。

这念想就像一幕小剧场的戏，有了开头，却没有结尾。

2

杭州城总是阳光明媚，万里无云。清早起来，就接到商略发来的消息，说已到了杭州，那时候我心里一阵摇摆不定。前天商略电话催促我同游宁波，我还在犹豫。这犹豫不知道来自哪里，也或许是因为杭州本地的风光和朋友们的热情让我不知所措？也或许是越来越接近我向往的天一阁而相反胆怯了？总之，这个早上我一边刷牙，一边想象天一阁，想必一定是破败而光线昏暗的木楼，一定是婉转而曲折的楼廊，一定是弥漫着黄昏气息飘散的落叶吧。或许墙壁上还有些斑驳陆离的雕花窗檩，金里描红的风铃摇晃在看门人的瞌睡里。应该没有什么人去，应该是安详的，和蔼的，是在历史的长河中独自端坐的一个白发苍苍的老人。像云烟，像微风细雨，我无端端想到这些，突然就激动了起来，暗自说，商略来了，我应该跟他一起去一次的，就算再匆忙，也是应该去一次的。

更何况那里还有我的好朋友，优秀的诗人篱笆，以及从武汉投奔去宁波独自发展的女画家魏海燕。

中午的酒于是喝得酣畅起来，在杭州的诗人梁晓明、南野、刘翔、晏榕诸兄作陪，还有福建来的曾宏兄和吴季，一桌10人，酒足饭饱之际，纵论江湖，指点古今，而我的心，已经飞到了宁波，飞到了夕照低迷中的天一阁了。

只是我还记得，晓明的健康大气，南野的稳健宽厚，刘翔的机智敏捷，晏榕的沉默小心。他们把我们一行送上的士，风正轻轻吹过杭州的天目山路，依稀听见晓明说："下面我们去什么地方呢?"我回头张望了一眼，几个当代中国诗坛的优秀诗人们站在车来车往的杭州街头，似乎在踌躇，似乎在等待，似乎又充满力量。

有一瞬间，我恍惚以为，自己不是自己。

3

我是一个喜欢怀旧的人，是一个常常在别人的故事里找不到方向的人。更何况在天一阁这样浑身散发着历史和文化气息的老人面前呢?

在这里，我手足无措。

传说天一阁之名，取义于汉郑燮《易经注》中"天一生水"之说。因为火是藏书楼最大的祸患，而"天一生水"，可以以水克火，故名"天一阁"。

去的时候，已是黄昏，天一巷短短的，二十来米长，两旁种满了高大的梧桐树。

海燕是画家，方向是重彩油墨，她已经来过几次，指点我们如何转弯，如何去看什么地方，她一路低声对我说："时间太紧了，你们来得太晚了。"我没作声，因为我知道，有许多地方，你永远不能过于靠近它，或许是你根本就无法靠近它。海燕又说："我想住在这里。"多么美丽的想法啊，住在天一阁楼，周围是静悄悄的风在吹，深夜的时候可能会有小动物细细的脚步声穿过粉墙黛瓦，黑柱褐梁之间到处弥散着芸草的香味以及竹叶互相碰撞的叮当声，那会是怎样一种享受和幸福呢？就是想想也满意了，我对海燕说："是的，就是想想也满意了。"

虽然，我只是路过。

4

不过我还是想起那个叫钱绣芸的女子，故事记载于谢枋的《春草堂集》，说姑娘为宁波知府丘铁卿的内侄女，酷爱诗书。她常听丘知府说范氏天一阁藏书甚富，其中多罕见之版本。阁中三百年来书不生蠹全赖芸草之功。钱姑娘听后顿生仰慕之情，用丝线绣芸草数百本，"绣芸"之名由此而得。

父母甚爱其女，揣其情，不忍拂其意，于是由知府做媒，嫁给了范茂才。结婚后，绣芸以为成了范家媳妇，自然可以登阁看书看芸草了，哪知范氏家族有规矩，严禁妇女登天一阁。绣芸听后，怅然如有所失，由是得病，抑郁而终。临死前哭着对茂才说："我之所以来汝家者，芸草也，芸草既不见，生亦何为？君如怜妾，死葬阁之左近，妾瞑目矣！”绣芸至死也没有见到天一阁上的芸香草。这故事本身很是凄婉，凄婉得甚至有些让人惊心。中国文化中尽多如此催人泪下的女子，让人不禁扼腕叹息。

当我坐在水北阁的池塘边小憩，水下金色的鱼儿忽隐忽显，我似乎还能感受到钱姑娘潮湿哀怨的哭声。在一个封建庸俗的明确规则处罚之条款的家族里，她还能够怎么样呢？官拜兵部右侍郎的范钦明文规定：子孙无故开门入阁者，罚不与祭三次；私领亲友入阁及擅开书橱者，罚不与祭一年；擅将藏书借出外房及他姓者，罚不与祭三年，因而典押事故者，除追惩外，永行摈逐，不得与祭。

呜呼，如果“海内藏书家，唯此岿然独存”（清·阮元）是因为这样的原因，我宁愿不要看到这样的独存。

想起十多年前的校园，我还为席慕蓉的一首诗《七里香》谱曲弹唱，当年若有若无的歌声，在多年后的黄昏突然响起：

而沧桑的二十年后
我们的魂魄却夜夜归来
在绿树白桦的林前
曾那样轻易的挥手道别

而我们果然是那天最后一批游客，当我们转身离开时，背后漆黑的大门，轰然关闭。

5

接下来，是喝酒。永远也喝不完的酒啊，在玻璃杯中荡漾，折射着宁波街头的灯红酒绿。篱笆越来越胖了，已经胖成晚报的首席记者了，只是这胖子依旧憨厚，和2000年我们初次相逢的时候比，却也更加的锋利和敏锐。

胖子说："我们刚刚过了开渔节，我们吃海鲜，在灵桥那头。"

灵桥是什么桥？听起来很死亡，有点凄凉的感觉，我突然想起下午说的钱绣芸，一个在昏暗的红灯笼下用丝线绣芸草的姑娘，绣了几百本，那些温暖的、绸纸的、怀旧的、伤心的灯笼挂得满街都是。

后记

天一阁始建于明嘉靖四十年（1561），有宅六栋，曰："云在楼，博雅堂，昼锦堂，画帘堂，状元厅，南轩。"典型的江南私家园林之风貌。

康熙十二年（1673），终有黄宗羲先生第一个以外族身份登楼观书，其后亦有袁枚等十数人获准登楼，一时传为佳话。

天一阁到此，才真正成为了天一阁。

想起川中友人冉云飞，亦藏书过万，书斋名曰"反动居"。其人学富五车，早年亦作诗，江湖中称"川中四子"之一，想当年进川与之勾兑，曾说欲写《中国告密史》一书，构思磅礴宏大，后音讯渺渺，不知此等敏感之内容，能否完工。

关于芸草，宋沈括在《梦溪笔谈》中是这样说的："古人藏书辟蠹用芸。芸，香草也，今人谓之七里香是也。"

唯钱姑娘魂魄飘香，何止七里？

在杭州，南野兄称我为少年马超，马超是何等英雄人物，白马银枪，素袍俊朗，堪称一代风流，我实在是难以望其项背。只是尊嘱转递给执浩、笑忠一人一本厚重的《南野诗论集》，八千里路，近在咫尺。

宁静以致远

1

现在是北京时间 9 点 30 分左右，浙江的秋天显得安静，空旷。

我坐在有些冰凉的石阶上等谢君，太阳一时还没有照过来，还照在那些铁轨两旁的小山冈上。那些尖顶的带避雷针的民居上，一群鸽子，在微蓝的似乎透明的天空下旋转，如同一大片被风卷起的落叶，忽高忽低，辗转反侧。小箭在一旁随便翻着书，艾先去了厕所，她的女儿，在玩自己的手指。

表面上这只是普通的一天，就算今年第一场冷空气悄然南下，也不能改变它普通一天的性质。而实际上，冷空气真的来了，它尾随着我们这趟火车，从湖北，一路跟到了萧山。

尾随而来的，不仅仅是冷空气，一定还有些别的什么。

是些什么呢？其实我并不知道。

记忆里，萧山并不出名，唯有野史传闻，“文革”期间，有一个萧山事件，曾让主席专列停车，这在中国历史上，可谓空前绝后。让主席专列停车，是杀头的罪，后彻查此事，源于顽童朝列车抛掷石子，鉴于当时政治局势之险恶，此事牵涉之广，保密之严，可想而知。

现在知道萧山，是因为谢君，萧山有了谢君，一个气象工作者，一个温和的朋友，一个优秀的诗人。萧山，将会在我的记忆中重新发生一次巨大的变化，虽然这变化，仅仅对我个人有效。我不是一个记忆能力强大的人，看书往往看了后面忘记了前面，谈爱情就忘记了喜悦只记住了悲伤。能够在梦中让我回忆起来的人或事其实并不很多，而且大多数情况下，他们已经改头换面，互相交叉在一起，面目模糊，如同许多张旧照片折叠融会在了一起，偶尔翻阅，发现自己闪烁其词，躲在中间，形态可疑得像个叛徒。

记得有一次在网上和谢君聊天，那还是夏天，那时候他的河流还在浦阳镇的树荫下轻轻鼓掌。他曾经告诉我，整个萧山，找不到一个可以谈诗论文的朋友，他总是一个人坐在楼下花坛的阴影中发呆，虽然，整个萧山的经济生产总值，甚至超过了某些西部省份全省的总和。

这是一个寂寞的诗人，这是一个需要倾诉和聆听的诗人，这是一个喜欢停下来望望夏夜星空的诗人。

不管他是不是西施的老乡。

2

说起西施的故乡，我还真的忘记在萧山询问谢君了。记得火车开过诸暨的时候，火车头的左面，出现一座郁郁葱葱的山冈，车窗外巨大的宣传画上写着“西施故里”。我招呼小箭过来张望，说美女的故乡到了，再怎么样，也要瞻仰一眼的，我们居然从山上的树林里看到一座精巧的亭子，在晨光中，在树叶的遮蔽中，挑出一角红色的飞檐。

这给一个过路人留下了良好的印象。

但西施的故里到底在哪里呢？我听说当年华君武先生为此悬案还画过一幅漫画登在《浙江日报》上。漫画中东施也来凑热闹，让萧山、诸暨两个人不要再打，干脆我们两人一家分一个好了。想想的确是很有意思，诸暨和萧山两县毗邻，历史上又长期同属会稽郡，县界可能有所变动，西施居住的那个村的原址，哪里还弄得清楚？也或许她的姑妈住萧山，姨妈住诸暨，五服九族散布江浙。幸亏西施没犯天怒，若是有灭门之罪发将下来，恐怕大家躲都躲不及。

更何况西施其人是否真的存在都是疑问，中国文化历来虚实纵横，难辨真伪，《春秋》、《左传》、《史记》就从来没有记载过西施的事情，而记于《吴越春秋》的，到底是演义还是别的什么，也是个大大的问号。

因为时间太紧，在萧山并没有去探望这些古迹，不过就是看了，我也不知道真假。如今争这个的多，全国几个杏花村，几条桃花源，李白、杜甫、诸葛亮都快被分成几段了，更何况春秋遗迹非我等肉眼凡胎所能识别，你就是现在做旧修一座草庐祠堂，我都会当真以为是风雨千年的，这并不是说笑。

虽然我十分喜欢那些美丽的传说。

虽然我也经常神色庄重地对别人说，我相信。

3

钱塘江潮历来有名这谁都知道，谢君告诉我，到了萧山，什么都可以不看，但是钱塘江潮，一定要看。

只可惜今年的钱塘潮，太小太弱，当地人说，最近几年的潮水，已经越来越小了。

去观潮的路上，谢君如数家珍般地给我们介绍，天文地理，八卦易经，从乾隆皇帝说到李白，从王维、白居易说到孙中山、毛泽东……仿佛所有和萧山有关的，他都想一次性地告诉我们。

他不停地在说，尽管有时候他可能并不知道自己在说什么。不过这有什么关系呢？对于一个孤独的诗人，说比说什么要重要得多。

那天中午，汽车穿行在错综复杂的堤岸之上，当我们终于赶到一处，却未曾看到期待的潮水。堤上有人指点说，潮头已过，需赶去前方看。于是司机带了一车人东插西转，终于在海盐观潮亭对面越过潮头。才下车，就远远看到一线白水涌来，它在午后的阳光中乍隐乍现，微微起伏。及到岸边，后浪推着前浪，似满江碎银狂泻，虽无惊涛拍岸，卷起千堆雪之气势，但轰轰的水声震动空气，潮峰呼啸而过，瞬间远去，也可窥见当年排山倒海的雄浑与磅礴。

谢君说《水浒传》中专门写到这潮水。

我回来翻阅了一下，果然，在《水浒传》第119回这么写道：宋江班师途经杭州，停兵城外六和塔。鲁智深和武松在寺中一隅停歇，睡到半夜，忽听钱塘江潮信雷响，其时月白风清，水天共碧，鲁智深突然想起师父的偈言中有“听潮而圆，见信而寂”的话，便问寺内众僧处讨纸笔，写了一篇颂子，曰：钱塘江上潮信来，今日方知我是我。随即大彻大悟，坐化，羽仙而去。

鲁智深这两句诗，是我读到的最好的关于钱塘江潮的诗歌。

不过我不了解鲁智深当时的心情，虽然我回忆起小时候读到这里心里那种莫名其妙的感觉，钱塘江潮竟然如此神秘，能让拳打镇关西、大闹五台山的盖世花和尚撒手人寰，那是多么大的力量和震撼呢？

或许，这大自然的冥冥之力，是我永远也无法体会到的。

或许，在活着的时候，我们永远不知道自己是谁。

而如今，光天化日之下，我看着潮水涌来，仅仅是看着，似乎所有的神明都已逝去。我和大多数人一样，安全地站在很远的地方看着，心安理得地沉浸在文明的逻辑和保护之中，显得傲慢，甚至有点谵妄。这样一个后现代、后哲学、后文明、后工业、后娘主义的人如何能够体会得到前人“听潮而圆，见信而寂”的对自然和宇宙秩序的敬畏之心呢？

我觉察到了自己的可悲，如果这可悲，也算得上是一种诗意。

4

但什么是“诗意”呢？

我总是被这样的疑问所迷惑。《沧浪诗话》中说：“大抵禅道惟在妙悟，诗道亦在妙悟”，说的是一种镜花水月、空音相色的美学追求。我天生喜欢中国画的诗意，讲究留白，讲究呼应、疏密、开合、聚散的相生相应。

交朋友似乎也应该这样，喝酒似乎更应该这样。酒当然是一夜也喝不完，诗更是一首接一首地念不完。我们围坐在酒吧，泡上一杯茶，或者打开一瓶啤酒，我们轮流读诗，或高昂，或低沉，或婉转，或清新。从另一个角度看，我们的脸上或明或暗，仿佛俄罗斯的版画，棱角分明。

偶尔也会有安静的时候，大家谁都不说话。任凭空气在几张沙发之间自由流动。那一瞬间，是完整的宁静与和平，我们互相看着，轻轻地微笑，仿佛有什么东西断裂了，从而出现空白，而这空白之处，竟然隐藏了更多更大的喜悦。

那么多人和我们
相识，那么多春天
已丢弃不用，就像
相识的人，很容易
变成陌生
……

……

相信影子不死

人就活着，而影子

是无所谓衰老或年轻的

这是曾宏的一首诗歌，我摘录了其中一段，只是想在这里表达我们心灵的呼应和同声，这是诗歌带来的幸福，只可意会。

这样的夜晚不会很多，钱塘江潮在不远的地方翻滚着，依旧汹涌，而我们在低声朗诵着诗歌，像多年前的呼唤从水底卷出，像天空，也像爱。

最后的火车

离开杭州的时候，正是黄昏，天色已经慢慢暗淡了下来。秋天的风吹在身上，第一阵是温和，接下来就是一阵比一阵的凉。从宁波到杭州，需要坐 2 小时的汽车，这是现代人的时间概念。如果算路程的话，大约有 200 公里，折合在唐朝，粗略计算一下，大约也有 400 里的路程，骑驴走一趟，会需要几天呢？那个朝代没有高速公路，骑驴沿着江南小镇水乡一路探亲访友过去，或颠沛伶仃，或临风洒脱，人在路上的心情，多少由他的生存状态所决定。比如文天祥和苏东坡不一样，屈原和李白其实也不一样。

我很羡慕李白能写出“轻舟已过万重山”这样霸道的句子，只是霸道归霸道，洗澡吃饭多少还是个问题，路程之远近，还是会影响到作者的心境吧。比如你刚上路的时候，是轻舟一叶，万里无云，走着走着，人困驴乏之际，恐怕变成“行路难，行路难，多歧路，今安在”也是常有的事情。这问题，我想学历史地理的人大约会知道，可惜我没学这个专业，我学工程力学，业余写些分行的、被他们称为诗歌的文字。这有点像江南一带山清水秀，本是养老修身之地，却商铺林立，金融发达。

其实一直到下午 2 点左右，我们同行数人还在宁波的城隍庙中饮酒论诗，作陪的有宁波本地的报业中人余昭昭和湖北美术学院毕业的青年画家魏海燕。宁波的城隍庙热闹得像个菜市场，大门额书“城隍庙”三字，却无一丝香火之气，卖新疆羊肉串的摊子四五个拥挤在一起，膻气扑鼻，卷舌音乱飞。这杂乱无章，倒衬托了宁波另一个去处天一阁的安静和书卷气。余昭昭是湖南岳阳人，十多年前就到了宁波，领我们吃了一餐江浙风味的湖南菜，虽然菜肴辣味欠缺，但那里窗明几净，木制的板凳座椅摆放整齐，雕花的二楼扶手依靠墙壁，服务员娇小秀丽，说话声音低柔动人，的确是个闹中取静的好去处。余昭昭有个网名叫江南梅，我笑说从武汉一路下来就只是回忆起“日出江花红胜火，春来江水绿如蓝”这两句，心里知道前面还有两句开篇的，只是看到她才想起来，原来是“江南好，风景旧曾谙”。可见人的记忆是多么奇怪，一层一层的，如同一本被水浸透了的旧书，拿到太阳下面晒了一天，干了，粘在一起了，怎么分开清晰起来，需要机缘巧合与无比的耐心。

比如艾先带了女儿游历江南，这小丫头第一次出这样的远门，一路上被我们的酒桌弄得烦躁不安，我们喝酒从来没有少于两小时结束，小丫头一会儿上桌吃两口，一会儿翻出本《丁丁历险记》，一会儿纠缠一下她的父亲，一会儿跑到门口张望一下，真够可怜的。记忆中，我如她这么大的时候，去过一次黄山，雄赳赳地去，萎靡不振地回，哪里像她，直到最后分手各自打车回家，她还是气宇昂扬，小辫子朝天一对，不肯认输的模样。

八岁的小姑娘什么都明白，她知道小箭一路在和什么人发短信，她知道不能和陌生人说话，她知道所有你以为她不知道不懂的东西。她不肯坐汽车，一定要坐火车，这点和我一样。我喜欢火车，是因为火车像电影，动荡的，不安的，静止的，移动的，遥远的，过去的，未来的，潮湿的，干燥的，都融合在了一起，还有钢铁的车厢和感觉上柔软的铁轨，这些都是和汽车肥皂剧不一样的气息，那是一种期待的喜悦，和期待什么没有任何关系。期待就是期待，就是期待本身，这或许就是火车最迷人的地方吧。

火车在黄昏6点45分离开杭州，这是十月的江南，我没有和任何朋友再打电话。生活本来就应该这样，需要安静地走开，静悄悄地离去，仿佛秋天的树叶，无声地在某个瞬间离开树枝。而此时我在火车上翻阅萧山诗人谢君的诗集。他的诗集封面是黑色的，凝重，稳健，眉头印着一行小字："消解之境，轻逸之姿，中间小谢又清发。"我喜欢这意思，正如我翻开诗集，就喜欢上了他的第一首诗歌，这首诗是这样的：

他望见群山在大地
堤岸在大地，房屋在大地
一个孩子躺在河湾的树荫里
流水在一旁静静鼓掌

当我第二天在火车轻微的震动中醒来时，已经到了湖北。坐我斜对面的女孩子，在武汉大学读历史系的研究生，昨晚和我们聊到深夜，却似乎醒得很早。她依旧和昨天匆忙赶上火车的时候一样，望着窗外秋风中起伏的麦田柔柔地笑。看见我醒来，她自言自语般轻轻说："我终于见到了活生生的诗人"，又笑了笑，便不作声了。

我记得这个微笑，在清晨，火车飞快地靠近武汉，天空中有些微的红晕，山川与河流，显得异常明朗。

藏北记忆

1

每一次靠近藏北，都有着莫名的紧张和兴奋。十多年来，我在这条路上来来往往走了五六趟，每一次，都沉醉在天地霞光间无法自拔。这是一种无法用语言简单描述的情感，像是灵魂出窍，又像是欢爱高潮，俯仰间，天路遥遥，没有方向了。

如果从拉萨出发去新疆，新藏公路将穿越喜马拉雅山、冈底斯山、喀喇昆仑山和昆仑山。其中，最挑战极限的，是阿卡孜达板、麻扎达板、流沙达板、康西瓦达板、界山达板等海拔 6 000 米左右高寒缺氧的生命禁区和无人区地带。

在这里，手可以摸到天。或者说，你的身高决定了天有多高。

雨季走这条路相当危险，要途经峡南口、大红柳滩、日土宗和噶尔昆沙，跨过拉斯塘河、叶尔羌河、喀拉喀什河、狮泉河等河流，越过新疆和西藏之间的分界段，海拔 6 700 米的界山达板，再经过令人闻名丧胆的死人沟路段和海拔 5 432 米的库达恩布等 11 座山口。全线基本都是一望无垠的永冻土、戈壁沙漠和常年积雪的崇山峻岭。

陷车是家常便饭，随车的地锚和自救工具是必备的东西。更早以前，单车进藏北几乎是不可能完成的任务，每一辆进去的车辆，都会调整排气管的方向，或者在车尾插上一根长树枝，以防万一车辆陷入泥沼暗流，日后寻找起来也有个提示。毫不夸张地说，在长达六七百公里的昆仑山和喀喇昆仑山地带，平均海拔在4 500米以上，氧气含量只有内地的44%，对旅行者的身体素质来说是极大的考验。

许多个夜晚，我就睡在雪山下的大车店中。屋顶星辰如斗，屋内牛粪飘香，那种奇异的味道，只有通过烛光下的几杯白酒下肚才能忽略。或许你会起身出门上个厕所，就在墙角，一抬头，一群流星飞奔而来，最大的那一颗，会突然停在空中，两秒后，四散分离，像一朵花在绽放，你似乎都听得见它裂开的声音。

今夜武汉有雪，静静下了一夜。独自在灯下看书，突然想念起珠峰、卓奥友峰、希夏邦马峰、冈仁波齐、纳木那尼、慕士塔格、乔格里峰……那些无与伦比的雪山，一座座在脑海里浮现，飘散。

还有玛旁雍错、拉昂错、佩枯错、班公错温柔浩瀚，帕羊草原以及老仲巴那间小小的川菜馆。有一年深夜赶路，单车一辆从老仲巴的街上驶过。很晚了，镇上没有人，我朝左边看了看，那间川菜馆还没有熄灯，昏暗的灯光透过窗棂，黑暗中摇摇晃晃，显得无奈且忧伤。

2

从尼玛到班戈，400 公里路程，是藏北的心脏地带。此处，南下可经吴如错走桑桑回日喀则，北上可进更深更浩邈的双湖无人区。而绝世风光，正在这高原人迹罕至之所。平均海拔五千米的藏北，湖泊密集，野生动物自由地成长。藏羚羊、藏野驴、狼、狐狸、原羚、黄羊成群结队，优哉游哉。

每到黄昏，总会下雨，这是雨季西藏的气候特征。过色林错的时候，看见一群藏原羚在湖边跟着车奔跑，领头的一只突然停下来，它回头张望着我，似乎在测算着我们之间的距离。

色林错很美，必须在黄昏的光线中才能看到她温柔妩媚的脸庞。当你走上山顶才会发现，左边是一面湖水，右边也是一面湖水，地球上的两滴泪水，一颗蔚蓝，一颗碧绿。

有一天走啊走啊就不想走了，凌晨三点，找到色林错附近唯一的大车店，十元一宿，十元鸡蛋面。碗口大的星星在湖面上闪烁，灵魂般，真漂亮！但头痛的是，大车店的枕头黝黑发亮，被子散发出脚丫的清香。

睡不着，靠着一大堆被子和星星，迷糊到天明。

3

我永远无法忘怀那个躲在当惹雍错怀抱里的文布村。桑桑往北，过尼玛，数百公里无路可走，全凭模糊不清的车辙引路。在那片荒凉的高原上，游牧，是唯一的生存方式。

达果神山一排，山体黝黑，山峰冰川洁白，一排七座，威严守卫着当惹雍错。当地人日夜围绕着雪山游走，有传说，关于爱情，说复仇的丈夫一箭洞穿了妻子的乳房，洁白的乳汁从丰满的乳房喷涌而出，如今化为半山腰一片白色的土壤，可以种出最甘甜的青稞。

苍天在上，大地为床，雪山悠悠，牛羊相伴。这里是苯教的发源地，是象雄王国的中心区域。绝美无双的当惹雍错封闭于此。每一次来看它，都抑制不住地想落泪。古湖岸一圈圈层次分明，最高点距离现在的湖面有 200 米左右的落差。可以想象，当年这里是如何浩瀚的一面湖水。

认识村子里的几个小伙子，领头的叫尼玛。太阳好的下午，他们把摩托车停在文布寺的院子里拆开了再装起来。村子里人不多，数十户人家，安静的，仿佛不存在，什么都不存在。

住在村子中的寺庙里。每次都是村子里的大小孩子一群，陪我喝酒吃饭唱歌。黄昏的时候，有个漂亮的藏族小姑娘，从自家菜地拔了好多油菜、小白菜来，小伙子们点上炉子，小姑娘们在泉水边洗菜，我从车上搬来火腿肠、午餐肉、军用罐头，居然可以炒三四个小菜，无非是叶子打汤，菜梗炒肉，辣椒是新鲜的，尼玛从家里顺了几个过来。

然后天黑了，开始下雨。下雨的时候就喝酒。点着蓄电池的灯光黯淡，我们挤在一起唱歌，还有村子里的小孩靠在门口，吃吃地笑。

抱来油菜的那个小姑娘坐在我旁边，低声告诉我，爸爸去湖那边转山去了，已经走了一个星期。幽幽的，似乎听见了湖水拍打青稞地的声音。我记得，她的眼睛真漂亮。

后来雨停了。明月照耀大湖，星辰闪烁，突然觉得身体很轻，像是飞了起来。

大雪山中有稻城

1

稻城这名字取得真美。轻轻地念，会感觉得到舌尖的颤抖，清香从四周涌来，在横断山脉的中间。我去的时候正是秋天，康定、新都桥的树叶正在变黄，崇山峻岭中流水清澈，民居清新，有点寂寥，有点无奈。人们说，像这样的老地方已经越来越少了，这恐怕是真的，没办法的事情。老地方在哪里？老地方就是老地方，就是没有人去过的地方，我喜欢。比如稻城亚丁，我知道那个地方是“向阳之地”，又名念青贡嘎日松贡布，藏语中的意思即“圣地”。

从成都出发，走318国道，慢慢走需要三天时间，沿路都是绝美的风光。这条进藏的路线我走过多次，每一次都像是第一次。我喜欢这样的感觉，金黄的柏杨树围绕着藏寨，牛羊安静地在山坡下吃草，山坡上尽是五彩的经幡，天很蓝，一两只鸟从眼前飞过，像枚暗器，嗖的一声就看不见了。

看不见了就是天黑了。我摸黑到了日瓦乡。这里海拔

3 000 米左右，因为路途艰险，人迹罕至，此处游人稀少，大多数来此地的人，都是资深驴友或者摄影发烧友。在镇子上找到一家旅舍住下，石板路，藏式民居。前台的小伙子自助旅行，天津人，在亚丁已经住了半年多，一边打工，一边游玩。他指点我去街口的一家小餐厅吃饭。一碗肉丝面，一瓶勇闯天涯，暗淡的灯光，猩红的桌布，有几声狗叫从窗户外面传来，老板静静看着电视，外面的世界动荡不安，只有这里才能看见一万年前的星光。

2

这里有三座大雪山，这里有万神朝拜的仙乃日、央迈勇、夏诺多吉。导游手册上说，这三座神山分别是观世音菩萨、文殊菩萨和金刚手菩萨，和藏传佛教萨迦派主供的三尊菩萨一致。其中仙乃日雪山，海拔 6 032 米，是稻城三座神山的北峰，也是三座神山中海拔最高的一座。其状巍峨，仿佛菩萨端坐在莲花台上，山下有水，宛若珍珠，当地人叫珍珠海，传说是仙女的梳妆镜。

我趁着朝阳入山，山上全是红的黄的树叶，三十多公里处一座大雪山绝尘而来，四周全是黄的红的树叶，唯有山顶在晨曦中金光闪闪，不能直视。这应该是人世间最后的天籁之音了，跟着雪峰上的一抹旗云飘荡，最后落在冲古寺低矮的门楣下。

据《三怙主雪山志》记载："法王噶玛巴曾称赞此地：二十四圣地两大神圣之地，一切之主是三座怙主雪山；三座怙主雪山圣地，地神勇士们护守着。转三次三怙主雪山，能消除屠杀八条人马的罪恶。转一次相当于念一亿嘛呢的功德，转 15 次神山脚下的冲古寺相当干念一亿嘛呢的功德。”我围着冲古寺转了三圈，东西北三面，风过处，大雪山端坐云霄，安宁静谧。

一只松鼠趴在大树下面，偷偷张望万花丛中的我，顽皮中带点嘲弄之意。看着它漆黑明亮的眼睛，似乎觉得它有什么话要对我说。慢慢走过去，它也并不怕，匍匐着身体，突然一转念，尾巴宛若雨伞张开，跃上枝头，瞬间就消失在茫茫的松针间。

3

更宁静的时候是月亮升起的时候。山峦成了剪影，树影深深，冲古寺在月光下像一座盆景。这里是世界的尽头，英国作家詹姆斯·希尔顿在《消失的地平线》一书中这样描写道：“整个山谷就像一个港湾，被犹如一座灯塔似的卡拉卡尔山环抱着。卡拉卡尔山顶皎洁的冰峰放射的光芒，是冰雪的蓝光与月光交相辉映产生的结果……蓝月亮山谷静静地依偎在山崖的怀抱中，宛如一个深邃、宁静的湖泊。”

蓝月山谷，香格里拉。我一个人坐在珍珠海边上，望见皎洁的月光普照森林和雪山，漫天星辰，天地合一，心里一动，拿出手机看了看，夜晚十一点，没有信号。那时候，一定有什么东西在天外窥视着我，它就藏身在我仰望的星辰之中，无所不在，无所不能。

4

从稻城出来，我已经无法回头。

318 国道全线返修，新都桥过来，一直到理塘，基本都是单线通行。路烂，大车无数，走了七八个小时，那是痛苦的记忆。回头路不能走，只好前行。前方是云南中甸，也号称香格里拉，只是跟稻城相比，显得商业和城市。路在中甸有分线，右行去梅里雪山，白马雪山，可过盐井入藏，左行过虎跳峡到丽江、束河、泸沽湖。随便走吧！我相信，好玩的事情总是在你不经意的时候发生的。

稻城入滇，有三条路线：

1.走 S217 线，最正规。亚丁、日瓦、稻城、乡城、大小雪山、格咱乡、中甸。全程 400 多公里，但是，有 70 多公里路很烂。特别是回稻城，单线放行，回头路，不考虑。

2.亚丁、日瓦、稻城、乡城、热打、茨巫、德荣县，然后转到 G214 上奔子栏然后到中甸。可以考虑。但是一路无风光，心不甘。

3.第三条，也是最不为人知的一条，走亚丁、日瓦、俄初、拉木格、帕丁、恰斯、各卡、浪都、格咱乡、中甸。洛瓦水电站修的县级公路，大森林，大雪山，俄初山，枫叶林，关键是，路书解释，路程减少将近一半。

5

我选择了最危险、最刺激、最没有前途的第三条道路。我看了一下时间，离开稻城是下午三点半。按照正常推算，三百公里路，包括山路，我的车也可以五小时抵达中甸。但是，一上路，空气就发生了变化。

翻越俄初山，见到满山红叶，雪山余晖，我心中默念记忆中关于枫叶的诗句，没有一句能描绘眼前的风景。文化其实是件衣裳，摆在大自然面前，会黯然失色。我看见山南长满枫树松树，一过垭口，就荡然无存。这里是山阴，只生长灌木，整整一面山坡都是高山杜鹃。你可以想象，如果是春天，从这里走过，会是如何的秀美动人。

下到山谷中继续前行，路越来越窄。对向没有来车，心里开始打鼓了。时间已经临近黄昏，仙乃日雪山忽隐忽现还能看到，只是，我已经绕到她的背后。继续前行，朝拉木格、帕丁方向走，沿着一条不知名的河水走，一直朝下。已经没有办法回头，只有朝前是唯一的希望。天黑时，我走到了恰斯和各卡小镇。这里的河水已经堪比金沙江的部分河段，有筑路施工队在施工。停车问路，他们异常惊诧，言说此路艰险，若去云南，还要翻两座大山，过原始森林。我问，如何过江？答曰，前行十公里，有公路桥即可入滇。切记，勿左转，需沿右路行驶。切记！

天已经完全黑下来了。走吧。我坚信的是，走错了路，依旧有前途。车开进了原始森林，居然看见一辆成都车牌的越野车停靠在荒路边，停车查看了一下，车中无人，后座椅子上还有一顶遮阳帽。想必也是想走捷径的同路人，半路抛锚，人已经搭便车离开了。

6

继续前行至大山深处，居然在山谷中看见一个古老的村庄。路牌显示此地距离格咱乡（那里可以上正路直达中甸）还有 180 公里。心中暗自欢喜，觉得路走对了，不像我担心的那么艰难。

晚上八点半，黑压压的松林中，可以看见三人合围的大树参天。穿过这个村庄，继续走，过了一个水电站，无人值守，又一小时后，居然走到了路的尽头。下车查看，只有一辆摩托车靠在大树下，冷风一吹，松林中呜呜作响，没有人，鬼打墙。鬼打墙是说在森林和沙漠中行车徒步，永远原地打转，找不到出口。我的心里开始慢慢焦虑起来，开车的周哥说，没问题，只要有油，什么都不怕，过了一会他低声说，完了，油也怕不够用了……

连忙掉头仓皇离开那里，发现来时路已经完全不认识，每一个岔口都那么相似，都似乎来过，又好像没有。如果不是看见来时停车撒尿的一个地方，路肩上有两张白色的餐巾纸提醒了我，死路一条，只能后退，在一个不起眼的小岔口，才重新拐上正路。接下来就是无尽的爬山，横断山的尽头，大雪山的垭口，碎石路，搓板路，烂泥路连绵不绝，午夜十二点半，终于站在了主峰垭口上。依旧是漫天飞舞的星辰，依旧是黑暗中嶙峋的山峰，月光下他们是剪影，像鬼怪，张牙舞爪，让人不敢直视。

然后车子一路下山，慢慢滑行，油不够用了，周哥滑一段，开一段，所有的手艺在那个夜晚都发挥到了极致。凌晨四点，抵达中甸。我计算了下时间，三百公里路，走了整整十二个小时。这第二条道路，到底是条什么样的路呢？如今想起来，我依旧很迷茫。

下午三点，武汉正在下雨，坐在凉台上吹风，真舒服。但我怀念那个在大雪山下离开稻城的夜晚，迷茫，慌乱，莫名其妙，壮美的山河在黑暗中显示出它真正强大的威力，那些潜伏黑暗中的乌鸦和猫头鹰们，那些顺着河流在星光下疯狂生长的花朵们，或许只有它们才能真正明了世界本来的样子。在这样的世界里，人其实没有什么道理狂妄，唯一能做的，就是谦卑地臣服或默默归顺在大自然的秩序之中。

我真想在明年秋天重走那条崎岖的山路，去勘探一下夜晚错过的大森林，去看一看山谷中古老的不记得名字的村庄。我依稀记得，那个村子正中间有棵巨大的榕树，树上挂着一盏黯淡的路灯，灯光恍惚照着树下一口老井，它倒映着宇宙，深不可测。

人往高处走

1

从西藏回来有一段时间了，很懒，对文字充满生理抵触。打开电脑，什么都不想写。觉得文字苍白，不及我心思之万一，更不及目睹壮丽山河之万一。正如此刻的窗外，黄昏的光线曲折迷离，片片乌云浮着一抹彩霞，巨大的吊车静止不动，显得暧昧又伤感。

此行西藏，匆忙又充实。风景看了，宗教触了，觉得造化弄人，世间万物，谁都抵挡不了时间的抹杀，唯有精神一脉，可以转世重来。在青海塔尔寺，当我转身离开的时候，第七世孟嘉活佛突然轻轻问了我一声："请问，你从哪里来?"我镇定地说："大师，我来自武汉。"没有回头我走了。或许，回头就是另一个世界。

他的名字叫洛藏图旦加措。

他把青稞撒在朋友的饰品上，喃喃念出一串经文，嘴唇并不颤动。那个下午阳光过分的灿烂，我顺着阳光拍照，把太阳放在我的身后。

我的背后就是那条世人瞩目的青藏铁路，一条钢铁铺就的天路仿佛一把利剑直入西藏。对此，我还有什么好说的呢？关于现代化和传统之间的问题（这个表述本身就有太多歧义），牵涉到国家、主权、人权、自由等等，似乎说不清楚。但可以肯定的是，对于描述西藏人民生活状态的文字，用“落后”（暗示我可以让你现代起来的思路）这样含混的词汇来表达，已经是前提错误了。我把西藏看成是一个残存的活的文明标本，无法用现代文明的假想标准来衡量和判断它。如果说地球上的文明是一个有机的整体，它的各个组成部分当然是彼此互相依赖的。我们不可能根据自己的价值标准来对本来是一个整体的文明划分等级，那实在是太愚蠢了。

站在塔尔寺气象庄严的大经堂外，我就是这么想的。

好生活或许是可行的一个目标和参考。但什么是好生活呢？这个值得我们放下顽固的现代性立场来研究。

在西藏，参加了一个公益性的活动，绿色江河，如果不谈政治和意识形态，还有什么比单纯的环保更有建设性呢？保护一下总是应该的，就算，这保护也是螳臂当车。火车的铁轮用高傲的轰鸣和节奏，藐视了一切。

这是一个象征，也是一个“胜利”的欢呼。

2

我真不知道，自己为什么要去西藏；也不知道，我想传递给你的，是不是你所需要的东西。关于西藏的文字，已经汗牛充栋地在这个世界上出现了，又消失了。每年无数的人通过各种方式出没在西藏的各个角落，或皈依，或寻情，或探险，我是其中之一，又不是其中之一。西藏对我来说，永远是那条无法靠近的地平线。它法相庄严，似近似远，当我站在大昭寺的屋顶眺望夕阳下的布达拉宫时，我很沉默。

夕阳透过云层，从拉萨河的另一边照过来，红白相间的布达拉宫已经关上了大门，转经的人群从四面八方涌向大昭寺。他们顺时针缓缓走动着，越来越拥挤，搅动起大面积的烟尘笼罩着西藏。空气中，轻轻震荡着唱晚经的声音，那从天堂中来的声音，轰轰然，撒在每一个人的头顶和手心，让站立的人想要俯身跪拜，让跪拜的人不停喃喃自语。

我抬头看了看蓝色的天空，那里没有一朵云彩，太阳还没有落下，而月亮已经升起。

天堂在上，下面是尘世的茫茫业障，只有微弱的酥油灯光，在大殿深处摇晃，映照着释迦牟尼十二岁等身金像。恍惚间，我看见寺庙门口，粗大的熟铜门环上挂着一串白色的牦牛尾巴，似乎被风吹动了一下，倏然而去，仿佛一句话还没有说出口，就忘记了。

大殿门口，上百的人们，在此起彼伏地磕着等身长头。因为汗水和摩擦，这里的石板，已经变得光滑圆润。磕头的人越来越多，诵经的声音也逐渐大了起来，越来越大，越来越大，好像大面积的氧气被突然抽去，天上人间，融为一体。

如果说，这个世界上还有什么话能最完整、最准确地表达西藏，我想除了“嗡嘛呢叭咪吽”六个字以外，再无其他。如果说，人的语言的边界就是世界的边界，那么，“嗡嘛呢叭咪吽”六个字之外，一无所有。

这个夏天对我来说，仅仅属于这六个字。

但这句话，我一直没有说出口。

3

如是我闻。这是阿难听佛所说的。

我听更敦群培说：“若详细观察，世上的一切所为都是痛苦的事，能熄灭其因的唯有佛法。”佛法我不甚了解，但我知道信仰和宗教不是简单的等号。在大昭寺，低沉、肃穆的诵经声回荡在大殿内外，僧侣们面带微笑，磕长头的人群似乎从来就没有消失过。还是同样的黄昏，我和去年一样坐在他们身后看着他们起身，趴下，什么都没有改变，世界在这里依旧和平。

人群中间蹲着个小女孩，似乎在等什么人，眼神迷茫，让人怜惜。

兰冰是马头行者客栈的老板，开了拉萨唯一的越野车俱乐部。早年亦作诗，为人义气，交游甚广。他是蒙古族人，客栈办得红火，与拉萨市面上诸多特色酒吧客栈决然不同。来往大多是艺术圈内的各色人等，每日无酒不欢。

刚到拉萨那一天，正坐在小门廊中喝茶，一张长条桌，铺着深蓝色的藏纹桌布，靠墙一条不知什么地方淘来的长条木椅，桌子上酥油茶弥散着醉人的清香。几包不知道是谁的香烟散乱放着，不知名的男女混坐在一起，谈着各自各地的见闻，并不高声，却清晰可闻。

我喜欢这样的味道，阳光那么好，强烈，线条明朗。遇见《新京报》的两个记者，他们刚从墨脱回来，一身疲倦，靠在墙上，懒散地介绍着路途之艰险。我也想去墨脱，进藏前，刚翻阅了安妮宝贝写的《莲花》，想起2000年在上海第一次遇见她，一脸黑红的颜色，说自己刚从西藏下来，兴奋之情溢于言表。多年后终于写了本关于西藏的书，文字依旧细腻柔媚，故事也更加趋于伤感，让人心碎。

但真的伤感，却是我在客栈遇见多年前的一个朋友。当我坐在午后阳光的阴影里倾听墨脱的时候，她清亮的嗓音一如当年。“是的，我是小引。”我眯着眼睛，仔细打量着她。她依旧很美，额前的刘海，微微倾斜着，我把她的容颜看得一清二楚，但我忘记了她是谁。

我的记忆总是在这里发生错位，多年前的某些场景，像慢镜头逐渐回放。接下来，是唏嘘，是惊诧，是莫名的伤感。青春给我的，已经太多，包括回忆。

但人的记忆或许并不是那么重要。在哲蚌寺，我看见那块画着佛手指点方向的路牌时，心中很茫然。人的路，有不同的方向，最终，都是一样的。

哲蚌寺门口游客如蝗，辗转了几条线路，最终从不知名的小路走了进去。哲蚌寺是全世界最大的寺庙，也是藏传佛教格鲁派（黄教）的六大寺院之首，三面靠山，犹如嵌在一轮弯月之中。

去年雪顿节，我是清晨来的，远远看见佛殿经堂、经院扎仓占据了半面山坡，院墙的色调大都白色，窗户外沿当然是梯形的黑色，且大多摆放着几盆盛开的鲜花。它们层层叠叠遍布于山谷间，像是天神用洁白的大米砌成的庙宇。也许正是取于此意，哲蚌寺的藏文全称是“吉祥米堆砌成的十万尊胜洲”。

在哲蚌寺的大殿门口，遇见一个十多岁的小喇嘛。他一个人趴在矮墙上朝下面张望，除了念经、学习，还负责给下面的花园浇水。他不说话，问他什么，他只是露出羞涩、童真的笑容。这笑容在蓝天和阳光下半真半幻，和广场上高大的经幡一样，被风微微吹着，无声无息。

4

更敦群培是个奇人。去年夏天，在八郎学对面的那木那措酒吧喝酒，无意中翻到一篇介绍他的文章，仔细看了一个下午，对这个人充满了好奇。正如他自己说的那样，西藏，没有一个人像他。他坎坷而短暂的一生充满了传奇色彩，充满智慧的思想和离经叛道的言行，更在当时的西藏引发了巨大的争论。比如，更敦群培参加了所谓的“西藏革命党”，为该党设计党徽、绘制地图；比如，作为佛门的高僧，大胆冲破非理性禁欲主义的樊篱，向藏传佛教和传统的伦理道德与价值观念挑战，撰写了藏文性学典籍

《西藏欲经》。

书里除了资料丰富之外，文字竟也美妙传神，转摘上几句：

1. “好比乞丐说讨厌黄金、饿客说讨厌美食，每个人的嘴巴都咒骂性，但是每个人的心都暗地喜欢它。”

2. “女性是一个带来愉悦的女神，是一块繁衍家族血脉的良田。人们生病时，她是有如护士的母亲；人们悲伤时，她是抚慰心灵的诗人；她打理一切的家务，是个仆人；她毕生以欢笑保护我们，是个好友。一个妻子因为前世的业而与你结上关系，她被赋予了这六种特质。”

3. “一个热情的年轻女人对男子的需求，不亚于一个口渴者对水的渴求。”

4. “只有富人才得到金银财宝、车渠马牛，其他所有的人，不论贫贱富贵，都可以在性爱中得到快乐。”

5. “一个男人如果不知道他的妻子以及终身伴侣的内在体验，他不如去当隐士。”

6. “如果一个人不知道持住和分散大乐的技巧，会立即看到它消退和消失，好像拾掇一朵雪花在掌中一样。”

从文献中可以知道，更敦群培一生特立独行，是被凡俗目为“疯子”的佛门奇僧，1905 年生于西藏，学识涉猎文学、史地、语言、艺术、哲学和医学，能说英文、梵文、巴利文、日文等十三种语言，是罕见的全才型学者，思辨无碍，游走四方，勤勉治学，著译多达五十余部。

《西藏欲经》是更敦群培经过大量的西藏、印度民间经验考察和披阅若干中外典籍文献后，于 1938 年冬天在印度完成的旷世逸作，是他生命中“最有活力与创造力时期”的产物，风致可与古罗马奥维德的《爱经》相媲。《爱经》倒是很色情，但戴望舒精彩的翻译把色情变成了诗一样的散文，掩盖了色情的内容。

更敦群培因“个性不随流俗，敢于挑战权威”而始终命运坎坷，萍踪孤贫，自况是“安多的托钵僧”、“被石头打破的琉璃宝瓶”。到最后，他的全部家当竟然不过是一卷被、一只炉、一口小铝锅和一只装满书和手稿的黑色手提箱。

1947 年，他受诬入狱，借口不是政治，不是教义，相反是一个具有讽刺性和侮辱性的罪名，“伪造藏币”。两年多后才被放出来，破烂邋遢，长发及腰，与流浪女子同居，成了酒鬼和鸦片烟鬼，珍贵的黑色手提箱也被人劫掠走了。弥留之际，他宣称“疯子更敦群培已经看尽了全世界有趣的事了”。1951 年，更敦群培病逝，年仅 46 岁。

有一夜，从念餐吧喝酒出来，大家互相拥抱着告别，昏黄的灯光从藏饰的窗户里渗透出来，扎念琴的声音，幽雅清脆。老板王啸留长发，长须，像个古人，坐在马扎上唱歌，声音低沉，藏密喉音，感人肺腑。

我回头，突然看见去年到过的那木那措酒吧，就在街的对面，已经倒闭了，灯火熄灭。门口堆放着一些破了的水泥袋，一片狼藉。不知道当年那个活泼洒脱的女老板，是否还在拉萨，是否还记得我们谈论过的更敦群培。

5

在拉萨，奇人多，故事多。没去的时候先听传闻，都说西藏其实没什么，但去西藏的路上肯定有什么。弦外有音似乎此地风情绰约，时间一长，总有些奇遇、艳遇之类的事情发生。想想也是，西藏地处世界之巅，宗教铺天盖地，去的又大多性情中人，旅途疲倦，鞍马劳顿，耳鬓厮磨之际，再加上缺氧，暗生一些情愫也是在所难免的。

以上这么说，是有例证的。关于发生在西藏旅途中的爱情，不仅仅有被写成小说的那些洒泪情节，还有许多在坊间流传的动人故事。著名的玛吉阿米、岗拉梅朵，或者马头行者，大多是这些故事的背景之一。比如有一个男人到了拉萨，当然，一定也有另一个女人到了拉萨。接下来大约应该是他们无意中认识了，可能是借什么东西认识的吧，也可能，是在一个大家都互相不认识的酒桌上认识的。然后呢？他们可能在去珠峰或者纳木错的路上爱上了，因为他们发现两个人之间怎么有那么多相同的爱好，比如，一首歌，一首诗什么的。当然，如果路上遭遇了风雪或者塌方最好。但时间总是那么匆忙的，让他们的爱情到了这里就戛然断掉(也有就这样继续发展下去的)。分手的时候，大家并没有相约什么，因为他们都清楚，西藏的情感，无法带回到他们自己的生活中去。故事似乎结束了。但是几年后，男的一直放不下这段情感，遂又上西藏，某一天，某一时，他一个人去了马头行者客栈，在夕阳的光线中，他竟然看见那个女人，坐在当年他们坐过的桌子边，静静地喝着酥油茶……

拉萨北京路一条街上，排列着几家这样的客栈旅店，诸如八郎学、吉日、东措等等，专门接待来自各地的游客。早些年去的人，以艺术家、探险者、收藏家居多。近年来，由于道路交通逐渐便利，去的人五花八门，寻情的，发呆的，小资的，公子哥儿，浩浩荡荡，一起冲进拉萨，打个滚，大多数又迅速地离开这里。

但我想，要真的理解和爱上西藏，大约需要住上一段时间才行。或者说，西藏，坦率地接纳每一个来这里的人，但并不是每一个来这里的人，都能坦率地接纳西藏。

但这些，其实都已经不重要了。因为在西藏，你大约总有段时间会忘记自己是谁，直到你离开它的时候。

到拉萨的第一天，遇见从陕西铜川来的摩托客张海。他是一个很有意思的人，一个人驾驶一辆 250 摩托车，从青藏线开了上来，前后差不多用了 20 天的时间，边走边看，边看边走，真可谓是千里走单骑。

张海是一个豪迈的西北人，但身上又有着股天真的孩子气。在我们去珠峰期间，他留在拉萨，不断地给我发些稀里糊涂的短信息。回来后才知道，他跑去参加了绿色江河的公益活动，整天顶着太阳，在火车站给人发传单，人晒得像块炭，或许，他本来就已经晒成炭了。

那一晚，我们从老鱼庄吃饭回来，去玛吉阿米喝酒，他大约有点醉了，扯过留言本胡乱写了些话，大约的意思是说，你们要走了，他独自一人，不知道如何回陕西。言语孤单，落寞。他一边喝酒，一边开始讲述自己的情感经历，当时天正在慢慢黑下来，远山的影子黑黢黢地缓慢起伏，摩托车手独自说着伤心往事，听者无不动容。

临走的时候，我把自己写的一本《西藏组诗》放在了玛吉阿米，扉页上写了一行字："我走了 / 留下这本诗在这儿等你。"

八角街在张海的讲述中静静的，好像喜欢你的人来过了，又悄悄走开。

6

据说，格桑花就是杜鹃花。还有一个很好听的名字，叫娑萝。娑萝听起来，似乎是质地很好的感觉。我对词语的感受，大多源于直接的生命感觉。这两个字听起来，有点丝绸的意思。很单薄，很简单，比杜鹃好听多了。

在西藏，有人告诉我，说格桑花是通往幸福之路的意思。如果谁能够找到八瓣的格桑花，就意味着他找到了幸福。但传说格桑花是有毒的，连草原上的牦牛也不会吃。或许，美到极致的东西都是这样吧？灿烂中隐藏着悲伤。

但实际上，在许多藏族朋友的眼睛里，格桑花仅仅是一个代称。他们会指着任何一种高原上美丽的花朵告诉你，这就是格桑花。这可能就是所谓文化的自我生成能力，当一个名称仅仅成为符号的时候，每个人的心中，都会有自己的那朵格桑花。

这是否就是我理解的诗呢？它仿佛珠峰下的某一缕阳光，会穿过你的眼睛和皮肤，直射进你的灵魂。不仅是阳光吧，还有其他的什么东西，比如乌云，比如星星，比如你穿行在某个寺庙中，从那些幽暗的房间中断续传来的诵经声，随时会拉住你的脚步，让你侧身倾听，屏住呼吸。这些声音，从你的耳朵中进入你的身体，从此以后，就再也没有出来。它在你的身体里环绕着，融化在你的血液里，成为你的肉、你的骨头。

去珠峰的路上，某夜在定日休息，独坐宾馆门前仰望天空。半边星光灿烂，半边乌云遮月，仔细找了找北斗七星，没看到，低头想了想，觉得自己在唐朝。

大风轻轻吹过山顶，像叹息，更像是在赞美。

7

从定日出发，路逐渐开始起伏转折。已经进入喜马拉雅山脉，周围的绿色逐渐在减少，汽车一直在平均海拔接近 5 000 米的地方行进，相对距离并不高的山峰上，灰色光秃。只有偶尔出现的一小片树林在山的峡谷中出现，那里必定会有几家住户。和藏东以及部分藏北的房屋建筑比较起来，后藏地区的民居似乎显得简陋和随意，玛尼堆和经幡也显得少了一些。或许，是因为海拔高，相对人烟稀少了的缘故。

从视觉欣赏和实用性来说，我更喜欢前藏、藏东等地区，比如芒康、丹巴、道孚等地的房屋建筑。特别值得一提的是当地的碉房建筑，住宅形式大多向空间上求发展，柱梁承重、墙柱混合承重，内院回廊，阳光充沛。我去年从川藏北线进来，一路旖旎，倒是很好地欣赏了大批这样的藏族民居。其实，藏族风格建筑的装饰性，重点表现在整个建筑的屋檐口、窗户、大门处的色彩变化上，而墙壁一般都刷成白色。去年在德格，参观了著名的德格印经院，此院是整个藏传佛教最著名的印经院之一，其建筑恢宏大气，色彩调用自然流畅，边玛檐墙，木质窗棂，轮廓感十分强烈。

藏式建筑的色彩运用一般是黑、白、土黄、土红等色，或许和高原寒冷的气候以及宗教有关，导致这些心理上的暗示直接反映到了他们的建筑上。比如佛教认为世界上所有的事业都包含在“息”（温和，白色）、“增”（发展，黄色）、“怀”（权利，红色）、“伏”（狠，黑色），所以藏民喜欢在建筑中大片使用上面这些色彩，崇尚白、红、黄，讨厌黑色。所以不管在西藏什么地方，勾勒窗沿的永远是涂成梯形的黑色，以表达心理上的防卫作用。

不过，藏族大多爱花，黑色的涂料包围窗户，并不影响他们家家窗台上都摆放几盆盛开的鲜花。那些风中摇曳的花朵，或许，就是他们心中的香巴拉吧。

看来，任何一个区域的建筑和景观，都是一种关于人的生活和经验的符号，它记载着一个地方的历史，讲述着人与土地、人与人，以及人与社会的关系。这其中多少的爱恨情仇、生死离别都会融入其中，它是当地原住民的一本自传，反映了他们的趣味，渴望，甚至恐惧。

复前行。

中午，车到了扎西宗。这是去珠峰大本营的最后一个村落了。村子很小，横竖两条街，村子中间唯一的三岔路口，有一家四川风味的餐馆，一家旅店，深入进村，还有一家医院，一个边防哨所，以及一所小学和一个村委会。

车一停下来，村里的孩子就蜂拥上来，要钱，要铅笔，要糖果。虽然热情，也略让人觉得不适应。但总的来说，这里的孩子，比拉萨附近的孩子要质朴纯洁得多。或许是这里来的游客远远少于那些城市，商业化带来的负面影响并没有过多地显现出来。一波热闹之后，孩子们和一些妇女，远远地张望着我们，并不过于打扰我们的好奇、拍摄、吃饭和谈论。

在一驾马车上，有对双胞胎，像，又不像。他们可能不是这个村子里面的孩子，可能是更深的山里面的孩子，来到这个村落已经让他们迷惑了。对他们来说，我们的到来或许仅仅是经过眼睛的一群不认识的大鸟。几个鸟人端着相机，并不理解他们的内心世界。

中尼公路正在翻修。此路通珠峰，亦可通樟木口岸，出尼泊尔。听说，当年大宝法王出走，就是辗转的这条道路。我喜欢他，莫名的。他在流亡途中创作的《极喜愿望之歌》，曲调悠扬，情感沉郁，是我接触到的最棒的关于西藏宗教的音乐。其中一支《荟供曲》，更是天籁之音，仿佛山顶上的白云，又如山谷中的小溪，涓涓不断，随时都会涌出。

车子离开这个小小的村落，回头张望，发现大部分牧民家的屋顶上，都插着经幡。也有的把红旗插入经幡之中，只是彩色的经幡肯定多于红旗，在山谷的微风中，它们无力地飘荡着。

终于到了绒布寺。这世界海拔最高的寺庙。始建于1899年，由红教喇嘛阿旺丹增罗布创建，海拔4 980米。小巧，精致。据说繁盛时期，有五层依山而建。只是现在，后面的部分房屋已经损毁不再使用了。寺外一座建筑规模不小的白塔，侧望正可以看到巍峨的珠穆朗玛峰。

只是我们的车刚刚停下来，珠穆朗玛峰正被云朵包围着，难见其秀美真颜。

藏传佛教中的红教，又称为宁玛派，是藏传佛教中历史最久远的一派。宁玛也含有古、旧的意思，因为该教派的僧侣都着红衣红帽而得其名。宁玛派的教义中讲究“大圆满法”，认为一个人的思想就其本质来说是纯洁的，通过修法，使得心体不受任何干扰，在“空虚明静”中把心体安置于一个理想的境地，就成佛了。和内地的禅宗，倒有诸多相似之处。

我的目光所到之处，现存绒布寺里最值得看的，就是两个殿中似乎是刚刚重新描金粉饰过了的壁画。寺庙里的尼姑和僧侣随和宽厚，大殿本来关着，在我的要求下，其中一个僧侣专门跑回房间取了钥匙，带我们参观了虽然小但依然庄严肃穆的经堂。整个房间从墙壁到梁柱到屋顶都绘满了佛像和宗教传说中的某些场景。置身其中，人的呼吸会变得缓慢低沉，说话的音量会不自觉地降低。屋子里除了蒲团、法座以及上师的照片，就是因为打开房门而微微摇晃的酥油灯盏。

除此之外，别无他物，也不需要他物。

8

已经没有了路。

从绒布寺到珠穆朗玛峰峰顶约二十公里，多少年来，真正能够走完这段路的人，少之又少。来以前在报纸上看到一则消息，说有个登山家，从尼泊尔那边登上了珠峰，但他居然从北坡也就是中国境内下来了，成功地完成了一次整体性的翻越。后来被西藏当地政府发现，此人没有办理各种相关的入境手续，把人弄住了，遣送回了尼泊尔。他自己申辩说，当时下南坡的路不好走，就干脆从这边下来了。

绒布寺到大本营现在已经严禁通行汽车。一来是为了保护环境，二来也是因为一些当地的村民要求控制营运这个行当。绒布寺距珠峰大本营约 10 公里，步行需 2 小时，坐车大约也需要 20 分钟时间。而所有到了绒布寺的人，在山口看见珠峰山体像一座巨大的金字塔，巍然屹立在群峰之间，虽然令人望而生畏，却似乎又带着无穷的魅力，谁不想再上层楼呢？

沿着碎石的盘山路，马车时紧时慢地朝珠峰靠近。我和司机小陆步行从盘山路之间的小路登山走了一段。这里乱石堆砌，偶尔还能看见几朵紫色或者蓝色的野花从石头的缝隙中顽强生长出来。在如此高原，生命依旧以它们自己特有的形态延续着，你不得不赞叹，惊诧，甚至丧失掉怀疑。

所有的怀疑在这里，并不起什么作用。

拐过一个山脚，地势好像突然下降了十多米，眼前是一片略微显得开阔的平地。马车开始欢快地奔跑起来，赶车的是个藏族小孩，年纪大约14岁。上车的时候，我给了他一块巧克力，他咬着巧克力，使劲吆喝着他的马，言语含糊不清，马鞭在空中忽悠着，划破了本来应该凝固的空气。

有一条小河在这里突然出现，河水冰冷刺骨，这是珠峰冰雪融化下来的第一股河水，它奔腾着朝下，最终，会注入海洋。

珠峰营地现在基本商业化，两排整齐的帐篷，都是来此经营的人自己搭建起来的。有一个邮局，一个厕所，一个垃圾池子。传说中著名的大本营，在下午5点的时候，显得安静、祥和。因为道路维修的原因，人并不是很多，许多帐篷都空着，拉生意住宿的人也懒洋洋的，似乎并不太愿意接待我们。

大本营的河滩上有一座10米高的小山包，正对着珠峰。山包上挂满了彩色的经幡，在山谷中穿行的风，把它们吹得快速颤抖着、飘扬着。放下行装后，徜徉在这条只有20多米长的帐篷街上，觉得天地宽广，只想仰天长啸。就喝酒吧！送我们上来的小陆善饮，喊了几斤青稞酒来，他说，现在珠峰有云，看不见，等待吧，有缘分的人早晚会看见的。阳光灿烂得过分，我们坐在黑色的牦牛皮的帐篷里，如同坐在蒸笼里，大家脱了上衣，赤膊喝酒，能在世界之巅如此畅饮，此生足矣！

饮酒中听说，还可以继续前行至二号大本营。打探了一下，珠峰管理员才旦告诉我，进去必须要专业人员带路，且继续前行，需一人交400元钱，必须在早上上去，下午4点前下来。因为路线上必须横跨绒布河，而绒布河在早上的水很浅，可以直接淌过去，但是在下午4点以后，河水会陡然涨至半人多高，如果无法直接撤下来，对于非专业登山人员来说，是很麻烦的事情。此言一听，雄心大减，喝酒也郁闷了起来。

但是珠峰终于在黄昏7点的时候露出了真容。本来是被云朵纠缠包围着几乎看不见的峰顶，突然，瞬间，一刹那就云开雾散地出现了。跟随着一声声呼喊，帐篷里的人陆续奔了出来，朝前走着，跑着，慢镜头一样地跑着。而珠峰巍然挺立在那里，傲视着这一切，蝼蚁般的惊诧，在此刻，显得多么渺小和卑微。

9

在西藏，我总觉得那里的阳光会穿过你的眼睛和皮肤，直射进你的灵魂。不仅是阳光，还有其他的什么东西，比如你突然想起了某一句经文。有一天，我坐在纳木错边上，湖面宽广，几只白鸟无端端在眼前飞舞。一脉雪山在遥远的地方起伏，一直延伸到目力不及之处。我学着念六字箴言：嗡嘛呢叭咪吽。用汉语拼音准确标出来，它的发音是：Ong mɑ ni bei mei hong。特别是第一声 Ong，必须拉长声，我觉得似乎是直接从胸腔转到鼻腔，气息要婉转悠长，等到最后一个 hong 音，又直接以鼻腔共鸣音结束，显得庄严、肃穆、沉郁、凝重。

我在许多场合都听过僧侣和百姓念六字箴言，当然，这是一个最初级也最高深的经文。去年在西藏，八角街上有一家小店，专门卖梵音。老板从尼泊尔、印度、锡金等地购买了大批目前国内市场上难得一见的宗教音乐 CD，翻刻以后出售。那个下午我从大昭寺出来，顷刻间就被迷住了。当音响打开，一个低沉有力的声音，突然出现在你的眼前，整个房间里的人，都不说话了。那声音安静，威严，一如我刚进拉萨城的时候，天空中突然出现的那条彩虹，悬挂在蓝天之上，似乎让我懂了点什么，而我其实还没有察觉。

那时，整个拉萨城，都是安静的。

听说，噶举派（白教）开宗立派于北宋年间，延至中国的明朝。白教曾经盛极一时，全盘掌管过西藏的政教大权。等到了明朝，出了宗喀巴大师，进西藏入大雪山修行，破关而出即创立格鲁派（黄教）教门。他整顿了藏传佛教之各个方面，从白教手中接管了全藏的政教事务，此时已是中国的清朝。

但我似乎只对噶举派心有戚戚，或许很大程度上是因为十七世噶玛巴活佛，也就是第十七世大宝法王。1999 年的时候，年仅 14 岁的少年活佛在楚布寺静室留书一封，翻墙越院，在寒冷与夜色下，沿着喜马拉雅山脉驱车疾驰，八昼夜走了 1 400 公里，出境而去。他留在静室中的那封信里到底说了些什么，恐怕永远也不会为世人所知。

楚布寺位于拉萨市德庆境内，距拉萨约 70 公里，地处堆龙山沟。曾经鼎盛一时的寺院，现在相对显得冷清、落寞。而我两进西藏，都没有安排好时间去那里，或许，是机缘还没有到的缘故吧，我并不着急。

想起那天在纳木错湖边遇见的一个藏族老奶奶，风霜在她的脸上已经留下了无法抹去的痕迹。她摇晃着经筒坐在西藏的土地上喃喃自语，她可能仅仅是来转山转湖的一个普通百姓，看着宁静的湖水，看着一辆辆奔驰的越野吉普车卷起黄色的尘土，看着我把手中的相机对准她，我突然觉得自己像一个傻子。

回来后写过一首诗，描述了我在纳木错看见的那个无边无际的黑暗。

黑暗中的味道

黑暗中紧紧抱在一起的
到底是什么，在那里
乱飞的萤火起伏，有时候
它们沸腾，散发，像大雨

不会有人知道那是什么就算
风吹过来，带来
你看，左边有一道山梁
明月低垂，猛犬游荡

宽广的湖面仿佛敞开的怀抱
弹飞的烟蒂投入星辰
你有没有尝试过呢，投入
或者我们一起投入

我对黑暗的认知浅薄如灯光
不如一只鸟
这让我感到羞愧当我想到
父亲尚在人世，母亲尚在病中

10

从拉萨到日喀则，大约有300公里的路程，海拔忽高忽低。一路沿着拉萨河南下到曲水，再沿雅鲁藏布江西进。基本上都在河谷中走，前行的路弯曲起伏，回头张望，来时路隐藏在河谷边的油菜花里，景色极美。沿河经常可以看见经幡以不可思议的角度和跨度横过山头或河面，不知道当地藏民是用什么方式拉扯起来的。彩色的经幡在滚滚的河水上翻卷着，好像是风的固态形状。

不过，从拉萨过曲水到日喀则公路所经过的山势基本属于平缓高坡，高原盆地，回避了那些高峰。而如果从羊八井、当雄一带走，则要翻越念青唐古拉山后再入雅鲁藏布江河谷，路线复杂多变一些。当年西藏平叛的时候，有一支著名的叛乱武装，号称“四水六岗卫教军”，曾经在这一带和我进藏部队发生过多次交锋，互有胜负。他们虽然人数不多，但组织严密，战斗力强，给西藏军区造成了很大的损失。其中一个主要原因是因为该部队中有一个名叫姜华亭的叛徒。此人 1937 年抗日战争期间参加革命，曾受过我军政大学以及东北炮校的指挥官训练，骁勇善战，对我军各类战法了如指掌，两军交锋中，屡屡率部转身脱困，让当年的张国华、周仁山等我军在藏高级将领大伤脑筋。

旧西藏，即原西藏噶厦政府的统治区，按地理位置可大致划分为三部分：

卫藏地区：位于西部，包括今西藏自治区大部和新疆、青海一部；

康区：位于东部，包括今四川西部、西藏东部和云南西北部；

安多区：位于北部，包括今青海大部和甘、新一部。

日喀则是卫藏重镇，又是班禅活佛的栖居之地，在政治、军事和经济上都有重要的战略意义。去日喀则的路上，要路过著名的羊卓雍湖。此湖名气极大，是西藏四大圣湖之一，海拔有 4 400 多米。我们的车子在一个叫达噶的村子左转，过雅鲁藏布江上的一座大桥。一片河谷湿地中长满了柳树，高一点的地方，就是油菜花和青稞地，从车里望出去，如果不是远处隐约的雪峰，我真的恍惚以为回到了江南。穿过一个小村落，车旋即上了条连绵几十公里的盘山公路。路况极好，车开得轻快，可以望见左侧的山峰之巅，有一座球状建筑孤单耸立。我估计是一个气象站，不知道那里的工作人员如何度过一个又一个的漫漫长夜呢？山脚下，落成有世界上海拔最高的羊卓雍湖抽水蓄能电站。但我对这个电站的建设表示怀疑。有资料显示，这湖原来是一个完全静止的湖，没有流进流出的水源，湖水水位也在逐年下降，有专家预计，湖水有可能在 20 年内完全干涸。那时候，美丽的羊卓雍湖成了干枯的高原盆地。皮之不存，毛将焉附。

站在岗巴拉山口，望见美丽的羊卓雍湖成狭长弯曲的形状盘在山谷里。湖面似绿似蓝，远望小岛丛生。岸边有缓坡，白羊黑牛散落在绿草地上，宁金刚桑峰、姜桑拉姆峰，在云朵之上环绕着湖面，它们的海拔皆在 7 000 米以上。虽然我看不到冰雪晶莹，但在蓝天和阳光的映照下，它们依旧雄伟，壮观，让人不敢直视。

下山继续前行。湖边有一个美丽安静的小村子，名字叫白的。她依偎在羊湖的拐弯处已经上百年了。村边是金黄的油菜花，油菜花外面是碧绿到瓦蓝的湖水，这里其实是羊湖的尾巴，更大的湖面还在桑顶寺的那一边，我顺着地图往前走，浪卡子县、江孜、白居寺、抗英宗山古堡，红河谷的歌声还在飘摇，汽车转一个弯就已经飞驰而去了。

过了羊湖，就已经渐渐地靠近日喀则，如果是黄昏进城，夕阳在你的背后隐没，巨大的扎什伦布寺在山坡之上一片金黄，那面晒佛墙高出其他建筑，它把太阳的余晖反射出来，发出夺目的光彩。白墙黑窗红顶之上，风马旗和经幡在晚风中猎猎作响，仿佛在述说着什么前朝故事。

11

有一段时间，我总是把扎什伦布寺和拉卜楞寺的名字念混淆。可能是因为武汉话前舌音和后舌音不分的缘故，两三个卷舌音搅在一起，就念不清楚。在藏传佛教里，格鲁派有六大寺院，分别是日喀则的扎什伦布寺，拉萨的哲蚌寺、色拉寺、甘丹寺以及青海的塔尔寺和甘肃夏河的拉卜楞寺。

在西藏旅行，路线安排很多变数，大致的方向确定之后，具体在某地的停留徘徊，需要有随遇而安的心情。从拉萨出发去后藏，沿路的重要地区都设计在了线路之内，但由于马头行者的越野车队在我们出发的前一天已经发了两台车上珠峰，而其中一辆 4500 居然在日喀则和珠峰之间的路上坏了，前不着村，后不着店。夜晚 9 点多钟，我们正在喝酒，兰冰接到请求救援的电话，遂安排了一辆车连夜上去接应前车。翌日，我们按原来的计划前行，兰冰把他心爱的座驾让了出来，委托藏族司机嘉措送我们先到日喀则。在那里，我们将和小陆驾驶的另一台车会合，和德国青年古德拜、小杨等再一起组队跟进珠峰。

所以实际上，第一次见到扎什伦布，我并没有进去，只是远远地在寺门外张望了一下它。是中午，阳光正好，日喀则的马路上没有几个人走动，远远地望见半面山坡上比邻而建的扎仓、经堂，巨大的金顶在蓝天下熠熠生辉，顿生亲切之情。

三天后回来，已是黄昏。从拉孜到日喀则的新路大部已经建好，个别路段还正在修缮建设中。沿着这条新路走，夕阳把光线投射到漫长的马路前方。在那里，黑色的路面仿佛蜿蜒的巨蛇，它盘旋在有着金色光芒的山冈之间，路两旁是开阔的河床，却并没有流水经过。

等我们看到扎什伦布，已经快 8 点了，但西藏的黄昏正是在这一刻才开始，天依旧很亮。因为已经错失了方向感，月亮好像会从任何一个方向升起，对此，我已经毫不吃惊。

只是扎什伦布依旧雄伟、沉默。它并没有因为谁的到来和离开而改变什么。据说，早在 1446 年，宗喀巴的第八代弟子、一世达赖根敦珠巴为纪念去世的经师希饶僧格，聘请西藏、尼泊尔工匠在日喀则精制了一尊 2.7 米高的释迦牟尼镀金铜像。为安放此像，根敦珠巴在帕竹政权的资助下，在公元 1447 年 9 月开始动工修建寺院，历时 12 年将所造之像置于该寺净室内。开始寺院定名为“岗坚典培”，意为雪域兴佛寺。后来根敦珠巴将其更名为“扎什伦布巴吉德经钦却唐皆南巴杰娃林”，意为吉祥宏固资丰福聚殊胜诸方州，简称“扎什伦布寺”，取“吉祥须弥”之意。“须弥”，梵文意为“宝山”。人世间多少真假善恶，都在须弥之间隐藏。就如同那个黄昏，我站在解放军第八医院门口，望见隐约从树梢顶上露出的寺院一角，感觉它既虚幻，又真实，生与死其实只是一念之间的事情。佛经上讲“须弥藏芥子，芥子纳须弥”，真是把许多道理都说尽了。

在文化大革命期间，西藏大批寺院被损毁，成了废墟。扎什伦布也没有幸免。其中，五世至九世班禅的灵塔及安放灵塔的祀殿，还有部分壁画，都遭到了不同程度的破坏。具有讽刺意味的是，我在扎什伦布的一块壁画前，还看到了书写着“伟大领袖毛主席万岁”的模糊不清的油漆标语。它胡乱地涂抹在一片精美的壁画上，虽然历经岁月沧桑和人工修复，依然可以辨认出来。每到此地，扎什伦布当导游的喇嘛，都会指着这面墙壁，介绍此壁画的背景由来，以及其无与伦比的艺术价值。

同样的景遇，在拉萨哲蚌寺也见到过，想起来，让人唏嘘感叹。

1989 年 1 月 28 日晚，十世班禅大师在日喀则圆寂，不久，转世问题就被提到了议事日程之上。寻访灵童的工作复杂，烦琐，有着严格的宗教仪规和程序，其中包括诵经祈祷、观湖显影（通过湖光倒影中显示的一些神秘的景象，把寻访地点形象化）、密访聪慧灵异儿童、辨认第十世班禅遗物等活动。

1994 年 2 月 24 日，寻访领导小组首次派出由高僧大德组成的 3 个密访小组，赴一些地方进行秘密寻访。通过一年多的寻访，在青海、甘肃、四川、云南和西藏五省区 46 个县境内，寻访出 28 名灵异的男童。1995 年 11 月 25 日，在大昭寺，由罗干、李铁映主持进行了第十世班禅额尔德尼转世灵童金瓶掣签仪式，认定了其中一人，在11月30日，又在扎什伦布寺为其举行了坐床典礼，第十一世班禅正式出现。

12

在拉萨，不可能不去大、小昭寺。昭，是藏语“觉卧”的音译，意思是佛。其中，大昭寺在西藏的至高地位自不必说。而小昭寺同样也是名满天下。小昭，听起来像一个姑娘的名字，金庸在《倚天屠龙记》中，就曾经借用此名，安排了一个温柔、善良、美丽的明教女子出现。而我喜欢小昭寺，并没有拿它和大昭寺相比较。从功用和在藏传佛教中的地位来说，两者本没有太多的可比性。要知道，藏传佛教中，小昭寺亦称上密院，是所有研读佛经颇有成绩的喇嘛进一步深造的地方，入出此寺后，才能更上一层楼。去年初到拉萨，第一站，就是奔小昭寺而去的，皆因有朋友介绍。

小昭寺内供奉的释迦牟尼佛为佛陀12岁时之等身像，是文成公主由长安携带进藏，成为西藏最珍贵的历史文物，后移至大昭寺，又将尼泊尔公主携带的另一个8岁释迦牟尼佛像移至小昭寺。我去的那天正是拉萨破晓时分，从北京路转进去，是一条并不宽敞的藏式街道，小昭寺偏居于此，并不喧嚣与热闹。其时，有薄薄的晨曦在晨光中化成雾水和蒸汽，喇嘛们刚刚起床，似乎正在做着早课，似乎忽视了金顶之上撒满的细碎光芒。拉萨街头的市民们在此刻，才会突然想起，这个城市属于他们，这个城市并不是内地传闻的那个旅游城。

如果说大昭寺是一篇优雅的散文，那么小昭寺就是一首诗，一首五言或者七言绝句，它只适合在黎明或者黄昏念起，在这段时间里，小昭寺精美的略带汉唐风格的建筑面朝东方，在拉萨，更显卓尔不群。

关于大、小昭寺互换佛像供奉的事情，坊间有诸多流传。

一种说法是藏王松赞干布去世后，孙子芒松芒赞继承了王位。当时盛传武则天皇帝要派出大军攻打拉萨，夺回文成公主带去的释迦牟尼十二岁等身佛像。吐蕃王臣在惊恐之余，匆忙把这尊佛像转移到大昭南镜门里面隐藏，并用泥土封好，上绘一副文殊菩萨像。同时把大昭寺的释迦牟尼八岁等身像明久多吉挪到小昭寺主殿供奉。

到了公元八世纪初，唐中宗将金城公主许配给吐蕃赞普赤德祖赞，于狗年（710）从长安到达拉萨之鹿园。金城公主说：“我要看看祖奶奶公主（指文成公主）的供养处——释迦牟尼佛像。”她到了小昭寺，向每尊佛像献了供养，没有找到释迦牟尼佛像；然后来到大昭寺，先给诸佛像上供奉，再找释迦牟尼像，也没有找到。金城公主说：“根据有关大昭寺的记载，寺庙中共有五间佛堂，如今只看到四间，定然还有一间隐蔽的内佛堂。”于是便在佛殿的墙壁上到处敲击，敲到殿中一处向内凹入墙壁的门槛的下部时，墙上出现了裂缝，便挖去泥皮，发现一门，打开门，果然看见内藏释迦牟尼金佛像，金城公主大喜道：“要为祖奶奶文成公主的佛像举行‘现面’典礼！”马上摆献了盛大的供奉。《西藏王统记》记载，金城公主将佛像安置在殿后净香室中心，建立了供祀之制，从此这尊神像成了大昭寺的主佛。

另一种说法是在恰白·次旦平措先生执笔撰写的《大昭寺史事述略》中，引用了布敦佛教史的说法，似乎两佛换位是遵循文成公主的遗言。公主临终时，说把佛祖从小昭寺请来，藏在大昭寺的屋檐下，门上要刷粉，并画上妙音菩萨，说完便去世了，大臣们按公主的遗嘱，对换了两尊佛。

在西藏，这样的传说和典故，比比皆是。

大昭寺前有一个讲经广场，我喜欢黄昏漫步在这个广场上。那时候夕阳照耀大昭寺，转经的人群拥挤着围绕着寺院旋转，加上他们手中拿着的转经筒，此刻的拉萨，似乎也是旋转的。

在这里，我可以仰望大昭寺顶巨大的双鹿法轮金顶，两根高大的经幡柱直入云霄，耸立在广场一角。这样的经旗杆在大昭寺周边一共有四根，特别是八角街东南的一根，和藏传佛教格鲁派（黄教）祖师宗喀巴有密切关联。传说1409年某一天，宗喀巴大师正扶杖出城，走到这里听到甘丹寺落成的喜讯，高兴得不知用什么办法表达，便把手中的藤杖插在地上，对着甘丹寺的方向大声祝福。后人把藤杖装进极长的木杆，栽在他祈祷过的地方，作永恒纪念。经旗杆取名“甘丹塔青”，意思是“甘丹寺大经旗杆”。附近的藏式楼，也叫“顿青苏”，即“大经旗杆边的房屋”。听说，每年藏历腊月初八，会有专人把四根顶天立地的经旗杆放倒，挂上新的经文、旗幡、哈达、彩布，装饰得美丽而鲜艳，到来年藏历正月初三，重新把它们竖起来。

我可以想象得到，当巨大的经幡柱被人们重新竖立起来的那一瞬间，经旗杆捆绑着的经幡在晨风中猎猎飞舞，像风，也像云。所有路过的人都会驻足仰望，四面八方的人开始朝这里汇集，慢慢地成了一条河。如果你住在附近，推开窗，正好看到了这一幕，这铺天盖地的宗教情怀，会立刻充满你的房间，你的心灵。

我想，这一点丝毫没有夸张。

13

从拉萨到纳木错的路上，我们伴随着青藏铁路的一段前行，铁路一会在左边，一会在右边，巍峨的唐古拉山脚下，一条弯曲的铁轨铺架在草原之上。当我在路边下车，步行进入草原深处，为大雪山拍照的时候，一列开往格尔木的火车无声地开了过来。它像一条钢铁的，移动的巨龙，无声无息地扑面而来。我突然觉得，这是一个隐喻，一个政治话语，意识形态的另类解说。它象征着我们急迫想要向世界表达的钢铁意志，它稳定，牢固，正式，统一，把青藏地区和内陆各地焊接在了一起。这一种联系是在向世界暗喻我们的力量和意志，宣示我们捍卫祖国统一的决心。

是的，“普天之下，莫非王土；率土之滨，莫非王臣”。但这样的象征，我们真的那么需要吗？或者说，就没有别的方式来表达吗？单之蔷在《中国国家地理》上撰文说：“为什么在高速公路的时代，我们要修铁路呢？至于增强国防力量，应对战争，其实也不是铁路的强项，在现代战争中，航空和机场也许比铁路更重要。那么青藏铁路的意义到底在哪里？我们为什么选择了修铁路，而不是改造青藏公路，也没有选择修更多的机场。”

看来，除了我们需要的那一点可怜的象征意义，青藏铁路的修建，似乎也存在着很大的争议。当然，现在更深刻的问题已经不是铁路本身，而应该是如何应用好这条铁路，进而把青藏铁路变成一条生态铁路，而不是利用它把藏人变成西藏的少数民族。要知道，一个民族和政府的伟大之处，不在一条所谓的天路上，也不在任何东西上，而在民众之中。民众的认同和幸福感，才是民族复兴的天路。

此行西藏，回来的时候我特意选择了乘坐青藏铁路上的火车，以期亲身体验一下。载满了游客的火车奔驰在青藏高原之上，我从车头走到车尾，除了游客还是游客，这让我感觉很沮丧。花费几百个亿修建起来的青藏铁路，不过是一列超大型的、固定线路的旅游交通工具。在餐车吃饭的时候，有个乘务员问我：“西藏好玩吗？”我回答说：“好！很美！”她又问我：“你还想来西藏吗？”我回答：“当然，我还会再来。”结果她惊呼：“晕了！我们领导还说下个月就可能要停开几条线路，你们还要来，怎么停得了？”

我无言以对。

想起 7 月 1 号铁路开通时，央视的直播用心良苦，列车由拉萨驶向内地，象征着拥抱文明；如果直播的是列车到达拉萨，那是不是多少有些文化入侵的意味呢……

14

拉萨现在有个尴尬的外号，叫小四川。走在拉萨街头，满耳朵里全是成都话、重庆话，这可能和藏族人说话的声音不大有关，四川话的音调偏高，且婉转起伏的尾音让人隔很远就听得清楚。在拉萨的藏漂里，有不少西方游客长期居住在那里，我在纳木错的时候就遇见一个，能说一口流利的藏语和四川话，但不认识文字。当时我想，这家伙是不是把四川话当成中国官话在学了？满口“你娃巴实的很撒”，让人惊诧之余，又忍俊不禁。

在藏区，人们一般是不吃鱼的，除了俊巴村，这里的藏族人是全西藏唯一打鱼吃鱼的。俊巴村位于拉萨河下游，曲水县境内。相传，400多年前该村就有捕鱼吃鱼的习惯，人们便称该村为“渔村”。似乎还有个传说，大意是说很久以前，有个叫温巴的青年在白玛湖打猎的时候抓到了龙王的女儿，后来他将龙王的女儿放生了，龙女感激，就送了他一张渔网，温巴就用它在拉萨河里打鱼。有一天，温巴捉到一个名叫雍卓拉姆的仙女。这个仙女非常美丽，他就把仙女献给了藏王诺桑。藏王很高兴，就奖赏温巴，问他是想当官，还是要金银财宝。温巴说，我什么都不要，只求藏王允许俊巴人打鱼就行。藏王答应了温巴的请求，但只允许俊巴人打鱼。于是年年岁岁，俊巴村的藏民，都以打鱼为生。

而在拉萨，有很多四川人上来开的鱼馆。川菜中，如何做鱼是一道大的系统菜肴，在雪域高原上吃到拉萨河里的鱼，却也是与众不同的感受。由此而生发出来的各色菜肴也多，比如念餐吧中的一道“葱烧拉萨鱼”，味道就特别古怪。端上来的鱼切头去尾，蜷在雪白的瓷盘之中，汤汁淋浇，色泽鲜艳，随手撒上一把翠绿的葱末，闻起来香味扑鼻，但又似乎暗暗弥漫着什么别的味道。用筷子轻轻夹一块边肉，嫩滑爽口，仔细一品，发现厨师烧鱼的时候，不仅有我们常用的姜、胡椒、葱、野蒜、辣椒等，甚至还使用了诸如咖喱、花椒、香菜、藏茴香等特色佐料，让一盘鱼充满了异域风情，像尼泊尔，又像印度，其实，只是拉萨。

想起去年来的时候，在八角街的雪域餐厅吃过一顿正规的藏餐，要了一盘饺子，结果上了一盘肉包子，一吃之下，味道竟然不错。所谓肉包子，就是将牛肉、板油和葱一起剁细，加上佐料，面不发酵，直接和面而成，蒸熟后即可。据说，好吃的包子，甚至能品到馅中浓厚的汤汁，颇有点像内地的小汤包了。随餐点的红茶，亦有不同风味。有朋友说，西藏的红茶，和英国红茶一模一样，它甚至有个英国名字叫李普顿茶。李普顿不姓李，他是个英国人，大概是他发明的这种喝法，就是把红茶沏出的茶水装到壶里，放入白糖、鲜牛奶和食盐等，搅匀到水乳交融后再加热饮用。

我没喝过英国红茶。我的老家在安徽黄山，盛产祁门红茶，当地人介绍，此茶大多出口，也大批销往西藏地区。我曾向许多藏族同胞请教过甜茶的来历，他们说这是一直就有的。但那个中午，我靠窗坐着，随手翻阅一本关于西藏的书，八角街上人来人往，红茶的香味慢慢在身体里散开，“恰安莫”、“恰安莫”（甜茶的藏语），就像逐渐清晰的回忆，占据了我的整个身体。

记忆里，酥油、茶叶、糌粑、牛羊肉，被称为西藏饮食的“四宝”，还有青稞酒和各式奶制品。在绒布寺，看见一大群装修工人坐在地上吃糌粑，可能是各地的风俗不同，也可能是时间太紧，我见他们并没有像别处的藏民那样，用酥油糅合糌粑成面团再吃，而是直接从一个小袋子里，用调羹舀出一勺入嘴，然后就着酥油茶或者别的饮料吃。要了一些过来品尝，干，像芝麻粉，香味还是不错，只是吃得满嘴都是，形象很不雅观。

一个年轻的藏族朋友指着自己手里的木碗，然后拿开水瓶倒满仰头喝了，意思是让我喝酥油茶下咽。他的碗很精致，上面绘了波浪形的团云状图案，我拿过来端详了好久，爱不释手。

拉萨有家不错的餐厅，叫老鱼庄，地处西郊，在去哲蚌寺的半路上，基本上属于城区的外围了，但每晚到此地吃饭的人和车总是爆满。老板是四川上来的，服务员也一色是四川姑娘。老鱼庄是庭院式的建筑，中间一个 40 多平方米的鱼池，有一排矮小的回廊围绕，桌椅矮，食客大多不进包房，夕阳映照，几个人坐在柳树或者柏树下，点一脸盆水煮草鱼，喝拉萨啤酒，味道氛围倒也不错，只是装鱼的脸盆上少印了“为人民服务”几个字，略感不足。“就算印上向张海同志学习也行嘛。”同吃的张海这么建议。

15

关于色拉寺，有两个有趣的传说。一个是说色拉寺在奠基兴建时下了一场较猛的冰雹，冰雹藏语发音为“色拉”，所以该寺建成后取名为“色拉寺”，意为“冰雹寺”；另一个说法是，色拉寺兴建在一片野蔷薇花盛开的地方，故取名“色拉寺”，野蔷薇藏语发音也为“色拉”。寺院全称为“色拉大乘洲”。野蔷薇是很美的花，这个传说听起来，也好像是野蔷薇花盛开的样子。可以想象得到，或许在很多年前，那时候马儿还没有骑上轮子，空中也没有出现铁鸟，色拉寺在色拉乌孜山下静静耸立着，寺院下的一片山坡上，开满了野蔷薇，只有一条弯曲的碎石路通到寺院门口，而现在门口的那棵已经苍老的柳树，可能还只是刚刚种下。

色拉寺在藏传佛教里，有着独特的地位。它和哲蚌寺一样，都是著名的佛教学院性质的寺院。僧人学经内容和步骤基本相同，入寺后先学显宗，然后学习密宗，密宗主要以格鲁派规定的五部大论为主，学完这些经典通常需要 22 至 24 年时间。

而色拉寺的辩经，因为其开放程度之高，现在更是举世闻名。从色拉寺的大门进去，辩经园就在通往正门的通道北端。我去的时候已经是下午，听说，辩经是在下午三点半才开始。远远的，看见一个园子，里面绿荫密布，门口一排石阶，陡峭，窄，旁边一棵大树，树名不知。一进园子，似乎到了一片绛红色的湖水里，数百喇嘛着红袍正在嘈嘈切切中，辩经之声时而高亢，时而低沉，时而激越，时而平缓，纠缠在一起，让人听不真切。门里还有几棵大小树木，地面铺满青色碎石，午后的阳光强烈，却只能透过浓密的树叶洒下几缕。整个园子清凉怡人，想必安排在这样的环境里辩论教义，是会自然化解因为争论而产生的戾气吧。

辩经一般由二人进行，也有数人对抗、一人单对数人的。大多数情况下，辩论都是一对一对各自分散进行。一人提问，一人回答。被提问者席地而坐。提问者前弓步而立，以右手猛击左手，身体随之前倾，口中念念有词，不知所云。但其实，这种辩经活动，是僧侣学习的一个必要的过程，甚至连他们辩经的动作，都有特别的教义上的含义。比如，辩论者在每一个提问前都要先说一个“底”，再将右手向后高高扬起，和左手相拍发出清脆的响声，然后将右手向下伸向对方后拉起。那一声“底”相当于开启智慧，因为在佛教中文殊菩萨是智慧的象征，而他的心咒是“嗡阿热巴杂拉底”，“底”音可以启请心中的文殊菩萨，开启我们的智慧。高扬的右手说明文殊智慧就在身后。二手相击，有三层正意：一为一个巴掌拍不响，世间一切都是众缘合和的产物；二为掌声代表无常，一切都稍纵即逝；三为清脆的响声击醒你心中的慈悲和智慧，驱走你的恶念。右手向下后又拉回，是希望通过自己内心的善念和智慧，把在苦难中的众生救出来。

在色拉寺，僧侣们的辩经充满了机变和乐趣，甚至极具表演性。让围观者如我，也感觉到了他们心中因为坚持信仰而充满的勃勃生机。

去年我也来过色拉寺，那天正好是雪顿节。信徒如云，僧侣满山。我站在丹增护法神殿前遥望后山，那里和扎什伦布寺一样，有座巨大的晒佛墙，一面巨幅唐卡从顶部垂下，法相庄严，金碧辉煌。不时有几声低沉的法号声响起，那声音像从水底涌出，又像从很多年前传来，人群围着佛像顺次走过，活佛手执金刚杵给全寺僧众及前来朝拜的信众击头加持，应者云集，无不顶礼膜拜。

寺后山腰，还有一小寺，名不详，它高于云朵之上，宛若半空飞来，俯瞰着拉萨。

我记得，那一天阳光灿烂，万里无云。我在色拉寺逛了大半天，没找到厕所，找到了色拉寺图书馆。

16

去年今天，出成都，到雅安，跟着雅江走，一路风光旖旎。这一段川藏公路，路况极好，翻越二郎山，并没有想象中的艰难。二郎山隧道的建设等级很高，从隧道走，比从山顶老路走会节约几个小时的路程。站在二郎山上，你无法想象歌中唱的“高高的二郎山”当年翻越它是如何的艰险困难。而我们车灵马快，十分钟就过了，它好像是一扇巨大的门，一过此门，就是另一个世界。

另一个世界，就是原来划属西康的藏区，更早的时候，它属于西藏。20 世纪 30 年代，西康属川中军阀刘文辉管辖和占据，曾经和藏军在此发生过第一次大规模的藏汉纷争，双方拉锯作战，最终以藏军失败而结束。由此，西藏方面丧失了对康巴的战略要地以及德格等重要地区的控制，完全退到了金沙江西岸。这一次失败，为当时的西藏噶厦政府将来的彻底失败埋下了祸根。直到现在，西藏和四川省的分界线，基本上还是沿用金沙江分界，即当年的西藏和国民政府之间的分界线。

进了康定地区，藏传佛教的气息逐渐开始浓郁起来。在二郎山隧道口，遥望大渡河，在群山环抱之中旖旎而来。你怎么也想不到“金沙水拍云崖暖，大渡桥横铁索寒”的情景。当年太平天国石达开数万人竟然在此全军覆没，而红军竟然能越天险而过，想来让人唏嘘感叹，真是造物弄人。

过康定，到新都桥，川藏线在这里发生了分歧。继续前行，是理塘，六世达赖喇嘛仓央嘉措和此地有着千丝万缕的联系。传说他心爱的姑娘就是理塘人，六世达赖喇嘛曾经写过一首浪漫的情歌：“白鹤借我翼，翱翔在云宇；我将不远去，到理塘就还。”后人以其诗中暗示之意，在他圆寂后，果然在理塘寻访回了真正的七世达赖喇嘛转世灵童。仓央嘉措的诗写得纯真甜蜜，乐而不淫，颇有古风。只可惜现在翻译和现代转译的版本很多，大多不好。

如果从理塘继续前行，过巴塘，穿芒康就进入西藏了。而在新都桥右转北上，走的就是川藏北线，这条线路与南线比较起来，更加雄奇壮丽，而且沿路藏传佛教寺院众多，其中一段兼与当年红军长征同道，只因路途艰险，走的人并不是很多。

去年，我记得从康定出发的时候正是清晨，起床后，看见康定河在窗外哗哗流淌而过，河水清澈如沙，大批的鹅卵石散落在河床之上。而我却并没有看见和听见想象中的情景，比如有人站在高山顶上唱那首著名的情歌，比如有人拉着你的袖子让你留下，或许唱歌的年代早已过去了吧，只是山冈依旧青翠，佛塔依旧在晨曦中光彩耀眼。翻越折多山，车近新都桥，两旁全是精美的藏式民居，溪流婉转如歌，柏树成林，重峦叠嶂，那些灰色的房子散落其间，仿佛一排连续的邮票镶嵌在草原之上。更远的地方是贡嘎山主峰巍然挺立，阳光下，所有的色彩都显得异常鲜艳。宽敞的灰墙、朱漆的大门、黑色的窗棂、红色的花朵，色彩与线条如此清晰地呈现在你的眼前，又何止是一张邮票、一幅绘画所能描绘的。

第一站就是塔公寺，藏语的意思为“菩萨喜欢的地方”。传说此处是文成公主进藏时休憩之所才得建设此寺，属萨迦派（花教）。花教这个名字好听，大约是因为萨迦派寺院围墙涂有象征文殊、观音和金刚手的红、白、黑三色花纹而得名。总之我喜欢这个名字，身密、言密、意密，再密也密不过我突然来自内心深处的欢喜。塔公寺建在一片平缓的坡地之上，远远望去，并不高大，却另有动人之处。现在想起来，似乎它的转经筒特别多，建筑装饰极尽奢华之能事，其中保存的大批浮雕、彩塑、壁画尤其精美。站在门口张望，寺后山坡之上，向阳处插满了五彩经幡，更有人用经幡扎成了一个庞大的三角形，像一个字，又像一个背景。它们在风中微微晃动，似乎正在向着虚空中招手。

再前行，到八美、道孚，也都是著名的欣赏前藏民居之地。那天中午在八美吃饭，去了一家名叫“金色尼玛”的藏式家居餐厅。

主人家的小院子里种满了花草，正值花开时节，坐在那些花朵旁边，喝着主人送来的青稞酒，蓝蓝的天上白云飘，其中一朵美如罂粟。恍恍惚，我把这里当成了天上人间。

17

黄昏的时候，车进炉霍。右边是大雪山，左边是工卡拉山，尼柯河慢慢从县城边上流淌而过。从道孚到炉霍一段，风景极美，公路两旁，很少有断了绿色的地方。而其间的民居建筑之美丽，让人惊叹不已。但似乎人少，也或许是因为藏人并不喜无事在马路上溜达吧，一路上只见青稞遍地，粉墙黑窗，雪山高迈，河流清澈穿过草原，不让地理杂志介绍的阿尔卑斯风光。偶尔，还有一两只野鸟跟着我们的车飞，一会在前，一会在后，我透过车窗悄悄望着它，这秘密的随行者，勇往直前地飞着。

其实从南线转到北线这段路程上，连续分布了几个草原，塔公草原、龙灯草原、宗塔草原等等。高山上的草原植被都很矮小，坡度也不大，往往是缓慢起伏着连绵几十公里。其间野花丛生，红白黄紫交相辉映，蓝天高悬，白云低垂，让人惊叹。

炉霍县城很小，规划却有模有样。未进城，就豁然看见整整一面山坡上满是黄墙建筑，毫无疑问，这面山坡之上，肯定是一座规模不小的寺院。果然，这里正是康北地区最著名的佛教寺院炉霍寺，整个寺院修建在一整面山坡之上，庙堂和喇嘛们修行的扎仓鳞次栉比，景象壮观。

因为是黄昏，此地游人甚少。也可能是因为炉霍地处甘孜和新路海之间，更多驾车川北线的人，宁愿赶路至甘孜甚至德格安营扎寨。而在我看来，川北线更多的风光就是在路上，一路狂奔而去，不过是走了一趟，什么都没看见。

我很开心，于是我上了炉霍寺。

黄昏六点，炉霍寺大多数的殿门已经关闭，一群一群的乌鸦在金顶上盘旋，我感觉，自己甚至听得见它们振动翅膀的声音。幸运的是，其中两个大殿正在修缮，有几个画师正在昏暗的灯光下仔细描绘着佛像的眼睛。那些眼睛，在墙壁上，直视着我，似乎看到了我的心里。我和一个画师攀谈，得知他们都来自四川，一生都以此为业，游走四方，为各地的佛殿修缮绘画。我问："能不能让我也试一下？"他爽快地答应了，把装满颜料的画盘给我，我拿起一支笔，小心地在佛像的眼角和头冠之上添加了一点黄色。那佛像依旧看着我，仿佛看着一个亲人。

在楼梯上，认识了炉霍寺的几个年轻喇嘛。他们快乐地围绕着我们一群人，对我们的相机好奇无比，拍照，攀谈，在暮色中听见风吹过屋檐。其中一个小喇嘛拉过我的手，在我的掌心写下一个地址，他认真地对我说："按照这个地址，把相片寄给我！"

年轻的喇嘛长得很帅，像观音。

那个地址写得模糊不清，却再也没有离开过我的掌心。

不能不说的地方是卡萨湖，川北路上的一颗明珠。虽然我只是路过，但那惊鸿一瞥就让它清晰地印在我的脑海里。卡萨湖是川藏北路上最大的水鸟栖息地，湖水面积并不大，但蓝得刺眼，蓝得惊心动魄。我明显感觉到了因为湖面萎缩而造成的湿地。它们和蓝色的湖水连接在一起，呈现出红褐色。传闻中的水鸟并不很多，倒是湖对面的一排寺院建筑吸引人的眼光。似乎没有路通向那里，它们安静、闲适，面对如此美丽的湖面，显得坦然，大方。

车开得飞快，我带走了什么，我其实也不知道。

18

炉霍到甘孜，行车需 4 小时左右，中间要翻越罗锅梁子，传闻此地不太平，有劫匪。这个传闻很刺激，似乎让西藏行瞬间回到了古代，有点仗剑走天涯的意思。一路除了绚丽的“卡萨湖”之外，再无更多的风景可看。也许是因为疲倦了，车上的人昏沉沉，司机沉默地开着车，窗外是单调起伏的山峦，偶尔接近一个村子，望见一群整齐的房屋，门前一排篱笆，墙头插满经幡，似乎也变得熟视无睹起来。我们的汽车瞬间靠近，穿村而过，眼角一瞥，似乎看见一群藏族孩子在对着我们的汽车挥手致意。

中午抵达甘孜县城，海拔 3 380 米，是整个川藏北线和川、青、藏三省交界处的一个重要的商品集散地，自古以来就被称为“北路大埠”。街上依旧没有多少人，进城的时候，望见一块界碑，苍老，落满尘土，上面书写两个大字“甘孜”，左手就是一个红军烈士陵园。它提醒我们，这个地方和中国工农红军有着密切的关联。在加油站加油小憩，我在县城里稍微逛了一下，看到城市外围，雅砻江在南侧绕城而过，一座规模很大的寺院建在那里，那就是著名的“霍尔黄教十三寺”之首的甘孜寺。

城北是经由工卡拉山和罗锅梁子延伸过来的良哥山，比城南的雪峰要低，却缓平式地一直往西北方向延展为广阔的山地高原。两山夹峙，一江穿行，中间是狭长的肥沃盆地；即便是用现在的眼光来看，也的确是一个宜于屯兵修养和坐拥一方的上佳之地。无怪当年的张国焘在率领红四方面军主力进军成都失败后，要跋涉千里翻山越岭地来到这里组建“博巴”政权。

甘孜寺迎风坐落在甘孜县城边的山坡上，显得孤单、伤感。但可悲的是，甘孜寺在文化大革命期间，曾经遭到了毁灭性的破坏，佛教经像和用品被查抄砸毁，僧尼被强迫还俗。现在我们看到的甘孜寺，是 1981 年重新修复的。远远望着它，阳光之下，它虽然依旧雄伟，但似乎总是少了点什么东西。我心生一丝感叹。沧海桑田，除了精神，还有什么东西不会被人为地毁坏掉呢?

好像没有了。比如五世格达活佛，这位一生传奇的活佛。据史料记载，五世格达活佛曾在拉萨甘丹寺学经，历经 8 年苦学，经过辩经获得“格西”称号，这也是藏传佛教的最高学位。此后格达活佛返回白利寺讲经弘法，并深受当地人民拥戴。1936 年 4 月红军长征到达甘孜，格达活佛以其地位和影响为红军提供了巨大的支援，作出了巨大的贡献，为此红军总司令朱德曾与其会晤九次。在朱德的动员和推荐下，格达活佛后来还担任了红军“中华苏维埃博巴政府”的副主席。西藏和平解放前夕，格达活佛曾以西康自治区副主席身份前往昌都洽谈和平解放事宜，甚至还由四方面军政委陈昌浩亲自签署过一份保护他及其属寺的命令。后传闻其在昌都为奸人毒杀，到现在依旧是一个悬案。

沿 317 国道继续前行，就到了雀儿山。司机说当地民谣唱："爬上雀儿山，鞭子打着天。"主峰海拔 6 168 米，四周环绕着三座 6 000 米以上及十座 5 500 米以上的雪峰，像一道巨大的天然屏障，森冷地横卧在川藏北线通往西藏的咽喉要道上。这座雪山的藏文名字叫"绒麦俄扎"，意即"山鹰飞不过的山峰"；换成汉文，就是——雀儿山！

中午，车抵马尼干戈，这里是翻越雀儿山的最后一个镇子，狭小，杂乱，货车众多，物流繁忙。我们找了家显得宽敞秩序点的川菜餐厅午餐，隔壁几桌，都是藏人，腰挎长刀，头缠红丝。他们身材魁梧，大碗喝酒，大块吃肉，显得健康，孔武有力。相比之下，我们桌子上，只有我喊来两瓶啤酒解乏，不值一提。

饭后再走，山脚下，是著名的新路海风景区。就在公路左侧，车轻巧地转了个弯，几分钟就开到了那里。新路海是中国最大的白鹿唇自然保护区，著名的冰蚀湖。水源由雀儿山冰川和积雪消融供给，湖尾流出的溪流为措曲河源头之一。

新路海的风景区管理很到位，对原始的湖面和湖边道路并没有进行任何破坏，绕湖而行的小道，基本上是转湖或牧民长年累月自己走出来的碎石路。这里的湖面呈现出奇怪的蓝绿色，估计是因为矿物质含量多造成的。绕着湖走，遍地都是刻着彩色六字箴言的玛尼石，甚至连湖面上露出水面的一块巨石上也刻上了。这些石刻有的简单、粗糙，有的精细、雄浑，大批的石刻堆积在一起，宁静的湖面作为背景，更加给人以强烈的视觉冲击。新路海的藏语名字叫“玉龙拉错”，翻译成汉语便是“心倾神湖”的意思。相传藏族著名史诗《格萨尔王传》中英雄格萨尔的爱妃珠牡来到湖边，被秀丽的湖光山色和幽静的环境所吸引，徘徊在湖边流连忘返。后人为了纪念她，便将这里取名为玉龙拉错。

新路海，用“安静”来形容是最恰当的。它柔软地躺在雀儿山脉群山怀抱中，围绕着整个湖面，松树成林，云杉成片，浅绿色的草甸上开满黄色的小野花，四散纷飞的风马纸，空中悬挂的风马旗，蓝天白云冰川倒映在如镜的湖面上，不是诱人的蓝，却是乳白色泛着浅浅的碧绿，水的颜色随着湖面的延伸而不断变化着，在午后的阳光下，散发着奇异的光彩。

湖边有巨大的树木死亡，在冷峻的高山之下，时间流逝，这些相守湖畔百年的老树枯萎死去，但它们的残骸依旧孤苦地立在那感受着生命的轮回与美丽。

湖畔小山头上，有一凉亭，此处观湖，角度最好。坐在凉亭里抽了支香烟，微风吹来，满山的经幡一起飘动，发出细微的声响。除此之外，四周没有人走动，世界显得安静如初。

保护区门口有一排简易房屋，供管理员居住使用。离开的时候，看门人的小孩趴在门口看我，我给了他一块巧克力，对他做了个鬼脸。他的眼神迷茫、纯洁，像湖水一样清澈。

这一切，不应该被打扰。

19

说实话，我之所以偏爱川藏北线，很大一部分原因，正是因为对德格的好奇和向往。这个偏僻神秘的小县城，坐落在两山交汇的一条狭长山谷中，地处川藏咽喉，交通不便，但名气极大。

很多年前，从翻阅关于西藏的书籍中知道，藏地有三座古老的印经院：德格印经院、拉萨印经院和日喀则印经院。而德格就是三大印经院之首，也是全国最大的藏文印经院，至今，已有 270 年的历史了。

我对一个地区文化的保存和传播方式很感兴趣，而西藏，是除汉族之外保存文字典籍最多的地区和民族。那些浩如烟海的佛经是如何印刷流传的呢？对我来说一直是个秘密。而且，藏族的造纸法，也与内地大有不同。我在拉萨街头看到的藏纸制作的笔记本和年历，做工精美，米黄色，质地柔软，却手感极佳，翻动时会发出一些轻微的响声，有一点脆意，但又韧而不裂。它们是如何制作的呢？

有人告诉我，你要了解这些，就去德格吧。他们说在那里，还保存着古老的印刷方式和造纸技术。

于是我就来了。翻过雀儿山，我在黄昏潜入德格。

德格的黄昏是静态的，当我从汽车上下来的时候，我心里突然有这样的印象。一条并不大的河流从德格县城中穿过，两座桥，两条歪歪斜斜的马路，沿街低矮的房屋在黄昏的光线里，散发出氤氲的气息。山坡上是比邻而建的僧侣的房屋，县城中间一带是新修的宾馆和政府办公地点，马路上散落着很多喇嘛和藏人，比我沿路经过的所有城镇都要多地站在那里。他们互相交谈着，对几个陌生人的到来显得并不关心。

德格，中国藏区三大文化中心（西藏拉萨、甘肃拉卜楞、四川德格）之一，藏族民族英雄格萨尔王的诞生地，还有德格更庆寺，是萨迦派在甘孜州的主要寺院，也是德格土司的家庙之一。公元1729年，当时的德格土司登巴泽仁主持更庆寺时，修建了闻名遐迩的德格印经院。到了民国时期，有宁玛、萨迦、噶举、格鲁、苯教等派别的寺院200余座，僧尼三万多人，其中的五座是德格土司的家庙。这些资料都是网上查到的。藏族文化神秘而博大，靠我来之前做的功课以及一路上简单的参观、聊天，显然只能了解一些皮毛。

那就慢慢来了解。

第二天清晨，去了德格印经院。太阳刚刚才从山头上升起，我已经混迹在转经的藏人中间围着德格印经院走了几圈了。德格印经院全名“西藏文化宝藏德格印经院大法库吉祥多门”，又称“德格吉祥聚慧院”。它位于县城中央，据说围着印经院绕满1 111圈就可算修行圆满，因此不管是开门还是闭门都有无数虔诚的民众在印经院的四墙下转经。我估计自己没那么多时间转到1 111圈，转了三圈之后，我进了门，回头看了一眼墙基上摆放着的一排排石刻经咒和佛像，做工精美，阳光下，它们熠熠生辉。

进门不能错了方向，需和转经一样，走左手的楼梯，上二楼。直接看到的就是一个巨大的印刷作坊，纯粹的手工制作，几十个工人埋头工作，并不出声，我似乎只听到了一点点微弱的呼吸声在空气中颤动。整个印刷过程由 3 人组成，一人搬胚和上下印版，一人刷墨汁，一人印制。他们中间放置着一块经版架以搁置经版，身边摆着白纸架、经纸架、墨盘和印过的经版。坐在高凳上的人在经版上拓墨、搁纸、定位，坐矮凳的人先递纸，再双手持布卷滚筒“巴芝”迅速从上到下滚过纸面，如此循环操作，像几十台同时开动的机器，只是没有声响。

绕过印刷间，后面和左右两厢则为经版库。像这样的经版库，占据了主殿二、三、四层的六七个大小房间，为整个建筑面积的一半。经版库里光线暗淡，隐约看见靠墙一圈都是一层一层的木架子，上边插满带手柄的经版。引导我进来参观的一位藏族朋友自豪地告诉我，这里珍藏着各类典籍 830 余部，木刻印版 29 万余块，字数达 5 亿之巨，不但以在国内对藏传佛教各教派经典兼容并包和收藏之广、之富而著称，而且因其某些珍本、孤本而举世瞩目。

后来我才了解到的是，藏文经书其实分墨汁版和朱砂版两种类型，因印刷的颜色不同而异，像《甘珠尔》、《般若波罗蜜多经八千颂》就要用朱砂印刷。传统的藏墨是用杜鹃树皮燃烧以后的烟灰制作，以水和牛胶调制；朱砂则来自西藏、内地和印度。朱砂版的经书比较珍贵，价钱也比墨版的高许多。

我爬到印经院顶上想看一下德格的风光，结果发现这里并不是德格最高的地方，甚至因为它在一个缓坡山腰，还没有一般别的藏民居高。顶上铺满了雕刻好后的经版，正在阳光下暴晒。下来我问了一下导游，他说，不仅要晒，晒以前，还要把刻版放入酥油锅中熬制、浸泡，再取出晒干，用当地一种名叫“苏巴”的植物根须熬水清洗，晾干后才可上版架保存。

此后，刻版永不腐烂虫毁。真是神奇。

但我没有看到造纸的地方，或许，是在另一个去处吧。

从楼上下到一层，转到右边一个楼梯上去，那里是个经堂，黑漆漆的，一点光亮都没有，只在佛坛前点了几盏昏暗的酥油灯。我进去的时候，突然感觉有什么东西发生了变化。紧接着，经堂里某个地方响起了鼓声，低沉，有力，贴地而来，仿佛心跳。

绕了一圈出来，竟然没有找到鼓声来自哪里。闭眼听了一下，那一定是只弯曲的鼓锤，在我不知道的什么地方缓慢、坚定地敲打着一面鼓。鼓上蒙着人皮，好像深渊里的呼喊，从黑暗深处绵绵传来。

离开德格，正是中午，阳光依旧强烈。我回头张望着德格，山谷里，它宁静如处子，又如苍翠之中一朵绛红色的花朵盛开。这时候山顶上祥云密布，一阵鼓声，破空而来。

20

关于西藏，值得写的东西实在是太多太多。我甚至觉得，语言和文字根本无法表达西藏。那样的地方，只能去感受，去体验，去用心灵来贴近。

而真的要做到这一点，何其困难。

人生苍茫，困惑我们的事情实在是无法究竟。而西藏，就像个孩子那样单纯、质朴、毫无提防。或许正是因为这个原因，它不断地吸引着无数人去寻找一个梦，去寻找繁华之后的一点简单。

从西藏回来，我沉默了许多。比如现在，天已经快黑了，我一个人坐在阳台上抽烟，遥望西藏。儿子在客厅里唱歌，声音稚嫩，像早晨的雾，忽隐忽显，听不清楚。

前两天，有朋友给我发短信，说现在卡拉 OK 里的人和歌，让人听了很灰心。我回了一句问为什么。她说，我听到他们的歌，看到他们唱歌时投入的神态，恍惚以为这个世界上充满了真情和爱。其实不是这样的，他们只是在歌里死去活来，结账后，风流快活如过眼云烟。

想想也是。其实我们不是没有爱，不是没有追求，而是爱太多，让人麻醉了。

或许只有灯火阑珊之后，一个人回家，在某个斑斓的橱窗口看见自己孤单的身影，才会悚然一惊，不知今夕何夕。

有一天，陕西的摩托客张海，爱上了一个在西藏认识的女孩。那女孩在电话里对他说，我不想回去了，我现在在当雄，你来接我吧！张海说，好！你在路边等我，哪里也不要去。撂下电话，他驱车 200 公里就从拉萨赶去了。

他在县城外的公路上看到她的时候，整条青藏公路上似乎没有一辆车。他跪在马路中间，仰天呼啸。

他们拥抱，泪流满面。

他们身后的公路很长很长，在灿烂的阳光下，通向天堂。